そのマンション、
終《つい》の住処《すみか》でいいですか？

おっぱいマンション

居間に通した男たちがものめずらしげにあたりを見回しているのを、みどりは静かに受け止めていた。美人がぶしつけな目線に慣れているように、そういう視線には慣れていた。近年はむしろそれが仕事だと言えるほどなのだから。自分の部屋を見せることが。

「……素敵なお宅ですなあ。これが公団住宅とは」年かさの方がため息まじりに言った。濃いグレーにごく細いストライプの入った背広を着ている。

鷹揚《おうよう》に微笑《ほほえ》んで受け止めた。

「失礼ですが、こちらの広さは何平米ぐらいですか」

普通ならぶしつけな質問かもしれないが、仕事上慣れていた。

「六十ちょっとでしょうか。昭和四十年代の最も一般的な家族用団地の作りだと思います」

「六十平米！　広く感じますなあ」

「五十を過ぎた女の、一人暮らしですから」

これ以上質問をさせないために、冷笑をうかべて言ったのに男たちは気づかない。

「ご著書はすべて拝読しております。先生のご自宅に来られるなんて感激です。すごく参考になります」

若い方の男が勢い込んで言った。こちらは紺色の背広。

グレーと紺の、なんの面白味もない背広を着た男が、いったいどんな家に興味があるというのか。

二人はマンション管理会社の人間だと言う。

「マンションの維持、管理がお仕事の会社さんが私の本なんて……」謙遜《けんそん》してみせた。

「いえ。リノベーションというのは近年、住宅業界の大きなテーマでして」若い方の男がさらに身を乗り出す。

返事をするのもおっくうで微笑むだけにとどめ、欠伸《あくび》をこらえた。

「これは失礼しました。先生のご専門について講釈など失礼ですよね」

年かさが若いのをさりげなくいましめた。

「昨夜はちょっと遅くまで原稿を書いていたものですから」

「編集者の方からお聞きしています。近くまた本が出るとか。ご活躍で何よりです。うちでも今度、ぜひ、監修などやっていただきたいもので」

「ですから、皆さんの会社で、私の出番などないでしょう」

実はすでに新築、中古を問わず、マンションの室内デザインの監修にはいくつも携わっているのだが、知らん顔して言う。

「いえ、弊社は内装リフォームやリノベーションなども手がけておりまして、今は新築でもリノベーションした古民家のような住宅まで出ているんですよ」

「それは本末転倒と言うものでしょう」

ぴしゃりと言って、おべんちゃらを封じたつもりだったのに、若い男はなお続ける。

「いえいえ、先生の作るデザインは今、若い女性に大変な人気ですから。ぜひ、小宮《こみ》山《やま》みどりのお名前でデザインいただきたいです」

「そんな人気じゃないですよ」

「ご謙遜を」

男たちの目は笑っている。みどりは思わず目を閉じた。彼らの目の中を覗《のぞ》き込むことはできない。そこにはきっとあざけりの色があるだろう。どうせお前なんて、父親の名前でここまできたんだろう。小宮山という名前がなければ、売れやしないのに。

「今日はそんなお話で来られたわけじゃないですよね」

閉じた目を開いて彼らを見すえた。

「ああ、失礼しました」

男たちはあわてたように、傍らのアタッシェケースを広げて書類を取り出した。三冊の分厚い書類を自分たちとみどりの前に置いた。彼らの方は何度も触ったのか端がめくれあがっており、書き込みがしてあった。みどりのは真《ま》っ新《さら》だ。

「本日は、先般、ご連絡していた通り、小宮山悟朗《ごろう》先生がご建築の赤坂ニューテラスメタボマンションの改修のご提案についてのご説明に伺いました」

「一ページ目は表紙、二ページ、三ページは目次となっております。四ページ目をお開けください」

資料に手を出さないみどりを気遣っているのか、若い男は丁寧に言った。みどりは手を膝《ひざ》の上に置いたままだった。

「……それでは、ご説明させていただきます」

ページをめくる、若い方の男の指先が小さく震えている。

緊張してるんだわ、とみどりは思った。とてもとても。かわいそうに。

「それでは……」

「結構です」

「え」

「説明は結構です」

「と、おっしゃいますのは……」

「どの契約書にサインすればいいんですか」

「え」

「父の建物を壊すのに、どこにサインすればいいんですか」

「壊す、というところまではまだ話はすすんでおりません。今のところ、改修で対応できないか検討中です。住民の中にはすべて壊して建て替えたいと主張する方も確かにいらっしゃいますが、主流ではありません」

若い方も口をはさむ。「やはり、一種の歴史的建造物ですから、完全に壊してしまうのはわたくしどもも残念に思います」

「私はどちらでもかまいません。皆さんで決められた方にサインします」

「……よろしいんですか」

みどりはうなずいた。「合わせて、その権利を放棄すれば、いくら私に入ってくるのか計算していただけるとありがたいです」

男たちは顔を見合わせた。

帰っていく二人を、台所の窓からみどりは見た。

色よい返事をしてあげたのに、それは彼らの使命ではなかったのか、なぜか下を向いたまま駅の方に歩いていく。サラリーマンというのは、皆、ああいうものかしら。それとも自分の答えに彼らをああしてしまった何かがあるのかしら、と考えた。

次に参ります時には、先生のお考えを住民の方にも伝えましてもう少し進んだご提案を持ってまいります……感謝を口にしながら、彼らの声はどこか沈鬱《ちんうつ》だった。

台所の小窓の窓枠は白く塗って、同じ色のカフェカーテンが下がっている。枠に置かれたデュラレックスのコップに朝の散歩で見つけたねじり花がさしてあった。夕日が差し込んでいる。

みどりは一眼レフを取り出して、写真を撮った。明日、ブログにでもアップしよう。

生活のすべてがスタイルであり、売り物だった。

メタボマンションに建て替え運動が始まっていることを知ったのは、数ヶ月前の夕方のワイドショーの中だった。

「……のニューテラスメタボマンション……住民運動が……」

目次

夕飯の準備中だったみどりは、きれぎれのテレビの音にはっとした。アナウンサーというのか、リポーターというのか、若い女性がマイクを片手にあの建物の前に立っていた。

名前を耳にするのはいったい何年振りだろう。姿を見ることは十年以上なかったに違いない。

角の取れたさいころ状の「細胞」を積み上げたようなデザイン。ご丁寧に細胞の核のように円い窓が付いている。まさに、代謝を繰り返して有機的に成長する、一九六〇年頃から七〇年代に流行ったメタボリズムを象徴する建物で、なんども建築雑誌の表紙を飾った。しかし、最上階だけ、二つの「細胞」たちがなぜか円錐形《えんすいけい》で横に並んで前方に突き出ている。まるで女性のバストのようだ、と当時、ひどく騒がれた。円い窓は乳首に見えて、それをさらに助長した。皆、メタボマンションなどと呼ばず、「おっぱいマンション」と呼んでいた。

テレビの中のリポーターの女性は、ぴったりしたニットのカーディガンを着ていた。彼女の胸と後ろの「おっぱい」が絵の中で重なる。本人は気づいていない。

ふふふ、とみどりは思わず、笑い声を漏らした。

画面は変わって、住民運動のリーダーを務める初老の男性の部屋の中になった。

「こんなに住みにくい部屋はありません」彼は憮然《ぶぜん》として答える。「ここ見てください」

指差した壁に、びっしりと黒いカビが生えている。

「とにかく湿気がすごいんです」

市瀬《いちのせ》という名のその男性はベージュのチェックのネルシャツを着ていて、首に紺のストールを巻いている。

なんの仕事をしているのだろう、とみどりは考えた。「おっぱいマンション」を選ぶのだから、そういうことに関心のある人なのだろう。けれど、シャツとストールの柄がかち合っていてよくない。ただ単にしゃれたところに住んで自慢したかっただけの男なのかもしれない。それなら、今の状態は耐え難いはずだ。

マンションの全景がまた映った。

「当時、デザイナーズマンションのはしりとして高く評価されたニューテラスメタボマンション。そのメタボリズムのデザインの特徴を壊さないため、マンションは重大な欠陥を抱えることになったのです」

みどりはリモコンのスイッチを押して、音量を上げた。

女性リポーターがマンションの周りを歩きながら、上の方を指差す。

「ここから見ていただけるでしょうか。このマンションには、通常なら必ずある『あれ』がないのです。おわかりになるでしょうか。そうです。ここには『雨どい』がないのです」

また、市瀬の家の中の場面。彼は窓際《まどぎわ》の部屋の隅を指差す。そこには大きな水のシミがあった。

「雨どいがないから、降った雨がすべてしみこんで湿気《しけ》てしまうのですね。これは重大な欠陥住宅です」

わかるわ、とみどりはうなずき、大きな声を上げて笑ってしまった。あのバカげた建物に住めば気がつくことだ。

市瀬がまた出てきて、「終《つい》の住処《すみか》がこのマンションでいいのか、ずっと考えています」と言った。

他に、「細胞」の丸みのある形を作るための部材の劣化によるものなのか、閉まらなくなったドアや傾《かし》いだ床を映してその話題は終わった。

「市瀬さんや住民の皆さんは、これからも管理会社側や故小宮山氏側との折衝を続けていくつもりだと言う」

そう、ナレーションはまとめた。

故小宮山氏側？　故小宮山氏側とはどういうことだろう。父が残した設計事務所、小宮山デザイン事務所のことだろうか。それとも自分のことなのか。いずれにしろ、そのうち連絡が来ることだろう。

ワイドショーはすでに、郊外の町に山から熊《くま》が降りてきた、というニュースに変わっていた。慌《あわ》てて、別のチャンネルを一通り観《み》てみたが、他では扱っていないようだった。

夕食の支度はいったんやめて、紅茶を入れてソファに座り、目をつぶって先ほどの映像を思い浮かべた。何度か映った、マンションの全景。あの最上階に、父が残した部屋がある。もう十年以上足を踏み入れていない。父が死んだ後、どうしても部屋を見て確認してほしいと頼まれた時に一度行ったきりだ。それも玄関に立ったまま、コートも脱がなかった。

「家具は適当に処分してくれていいわ。欲しいものがあったら、社員で分けたら」

「でも、みどり先生」

小宮山デザインで、かつては父の右腕的存在であり、現在は社長に収まっている、岸田恭三《きしだきょうぞう》が言った。

「何」

「コルビュジエの椅子《いす》など、どうしましょう。小宮山先生はきっとみどり先生に使っていただきたいのではないでしょうか」

「コルビュジエ？　いらない。あなたが持っていけばいい。今の部屋に合わないし、座りにくくてあれは大嫌い」

「でも……」

「家具でも本でも、好きなものはなんでも持っていきなさい。ここに私が欲しいものは何もない。私には私の家があって、私が好きなものを選んだの。全部、自分で買ったんだから」

岸田は何か言おうとして、やめた。

わかっていた。ここで彼に当たったってなんの意味もない。「全部、自分で買った」まるで子供のような言い草だ。それでも言わずにいられなかった。

コルビュジエ。見たくもないものの一つだ。いまだに人気があるらしい。

父がコルビュジエの椅子を欲しがったのは、まだ若い、お金のないころだった。メタボマンションでなくて、下町の、六畳一間の和室のアパートに住んでいた。

椅子は、金属のパイプで成形されたフレームに白地に黒い模様をあしらった牛の毛皮が張ってあって、背もたれが体に合わせて動くようになっている。どんな体にも添う、というのが大きな特長なのだが、子供には尻《しり》が落ちそうでちょっと怖いのだった。展示会で見た父が駄々っ子のようにねだって、母が苦労して月賦《げっぷ》を払った。ジェネリック家具などない時代だった。

それなのに、メタボリズムを提唱している建築家仲間の家を転々としていた。当時、家を自由に出入りできるサロンのようにしている人が多かったため、そんなことができたのだ。

コルビュジエの椅子がたった一つある部屋で、みどりと母は、一個の卵を半分に分けてご飯にかけて食べた。その卵さえ買えない時は醬油《しょうゆ》だけをかけた。卵の味が少しするような気がして、おいしかった。

コルビュジエの椅子に座って、醬油ご飯を食べる日々。なんとばかばかしく、贅沢《ぜいたく》なものだろう。

みどりが小学校に入る前、父は新人建築家の登竜門と言われている賞を取った。それからは順風満帆を絵に描いたような活躍だった。地方の役所の建物をメタボリズムで設計し、今度は日本建築学会賞を取った。

父は口が達者で、大風呂敷《おおぶろしき》を広げてスポンサーを集めるのが上手だった。その象徴がメタボマンションだ。投資家を募って、建設会社を丸め込み、赤坂にマンションを建てた。最上階をすべて自分の家にした。

みどりが小学校四年生の時にその家に移った。

ひどくうるさい家だった。いつも、家族以外の誰かがいて、若い学生たちのために母は料理を作らされ、記者が写真を撮っていた。みどりは新しく買ったワンピースを着せられて、父と共に写ることを強要された。

嫌でたまらなかった。父も記者も、家にだらだらたまっている人たちも。

何よりも嫌だったのは、「おっぱいマンション」という俗称のマンションそのものだった。みどりたちが住む最上階はちょうど、「おっぱい」の部分だったから。

転校した学校で、「おっぱいマンション」は格好のからかいの種になった。男女とも、そういうことに敏感な年頃だったし、みどりも最も恥ずかしく感じる年齢になっていた。

まだ胸もふくらんでいないのに、小学校にいる間、あだ名は「おっぱい」だった。

「みどり先生のご活躍、とても嬉《うれ》しく拝見しております」

断固として部屋に入らないみどりを見かねてか、岸田は部屋に鍵《かぎ》をかけながら、言った。

「あなたはメタボリズムをまだ信じているの」

岸田は答えなかった。

「細胞が入れ替わるように、家も合わなくなった部分を取り換えられるっていうのがメタボリズムの売りよね。ごたくは立派だけど、実際、それを実行した建物とかあるのかしら」

「東北の田舎の方で、ご家族の成長と共に部屋を取り換えた例が……」

「そういうこと言っているんじゃないの。わかってるくせに」

鍵をかけ終わった岸田は、振り返って困ったように微笑んだ。その笑みに甘えている、と思いながら、言わずにはいられなかった。

「都市の更新？　膨張？　日本は少子化じゃない。縮んでるわよ。主張ばかりで人間を見てないのよ、住むのは人なのに」

しまった、言い過ぎたか、と一瞬ひやっとしたが、岸田の表情は変わらなかった。

「時代ですから……」

岸田とは、学生時代に婚約話が持ち上がったことがあった。みどりは決して首を縦に振らず、父との仲は一層冷え込んだ。

彼はみどりとひと回り歳《とし》が離れているから、父が死んだ当時五十七歳のはずだった。

そのことを正確に覚えている自分に驚きながら、白が混じり始めた髪をして、作りのいいコートを着ている彼を見ていると、なぜあれほど拒否したのか、わからなくなっていた。岸田は父の従順な部下だったし、癖の強い建築家たちの中では物静かで穏やかだった。嫌いでなかった。

みどりはその後も結婚しなかったが、岸田は大学の教え子との間に二人の子供がいるはずだった。

「わかっております。みどり先生の本を見ると、正直、複雑な気持ちになります。すべて私がやってきたことへの強烈な批判です。いえ、そう感じるのも、図々《ずうずう》しいことなのですが……まるで大《おお》先生と向き合っているかのような錯覚に」

「岸田、やめて」

思わず、昔の呼び方で彼を制すると、みどりは彼を置いてエレベーターに乗った。彼は追ってこなかった。

二人の男たちの訪問の後、予想通り、岸田から連絡があった。

「先生のお宅に、やっと来られました」

若い頃と変わらぬ穏やかな笑顔で、岸田はみどりの部屋を見回した。

「ご活躍で」という言葉を今回は素直に聞けたような気がしたのは、岸田がこれまでのみどりと父の関係をすべて見てきたからだろうか。

「先日はテレビでも拝見しました」

確かに、主婦向けのワイドショーやリノベーション住宅に関する番組では、その第一人者として呼ばれることも多い。

「ひどい仕事よ。スタッフは横柄《おうへい》だし、ギャラもわずかなもの。でも、そのあと、本が少しは売れるから」

「いいえ。すばらしいことじゃありませんか。ここまでのご苦労、ご努力を存じ上げていますので」

岸田に褒められたことは嬉しかった。もしかしたら、これまであびてきたどの賛辞よりも胸が高鳴ったかもしれない。けれど、口はまったく別のことを言っていた。

「努力なんかしてないわ。岸田さんが一番よく知っているでしょう」

高校時代に母が死に、みどりは父が勧める大学の建築学科を拒否して、小さなデザイン学校で洋裁を学んだ。卒業すると、父のことを伏せて文具デザインの会社に事務員として就職した。それでも小宮山の名前は隠せなかった。聞きつけた上司から、文具のデザインにかかわってみないか、と声をかけられた。断わるつもりだったが、当時、会社で作っていた、キャラクターのついた文具に物足りなさを感じていたのも事実だった。あまり期待もせず、すべてが黒一色の文具を提案した。ただ、ノートだけは表紙に黒のキャンバス地の布カバーをかけたものを手作りして、見本として渡した。それは、みどりが子供の頃、母が手作りして使っていたレシピノートと同じデザインだった。母はそこに思いついたレシピや新聞で読んだ料理の記事などをびっしりと書き連ねていた。

企画はとんとん拍子に進み、社長の許可も出て、製品化された。けれど、出来上がってきた商品を見て、みどりは驚愕《きょうがく》した。すべてのものに、「Ｍｉｓｓ．Ｋｏｍｉｙａｍａ」という筆記体の署名が小さく白抜きされていたのだ。上司には強く抗議したが、すでに生産ラインに乗っている、という理由で押し切られた。

「Ｍｉｓｓ．Ｋｏｍｉｙａｍａ」は売れに売れた。シンプルな文具というのがまだあまりない時代だった。会社はデザイナーがあの小宮山悟朗の娘だということを発売と共に発表していた。それもみどりにはつらいことだった。会社員だったみどりの元には、社長からの金一封がとどいただけだ。そういう時代だった。「Ｍｉｓｓ．Ｋｏｍｉｙａｍａ」は社内で勝手に次々と作られた。

みどりは会社をやめた。退社する時に「Ｍｉｓｓ．Ｋｏｍｉｙａｍａ」はやめてもらいたい、と一応、話してみたが、まったく相手にされなかった。みどりはそれ以上どうしていいのかわからなかった。岸田に相談したらすぐに解決してくれるに違いない、とちらと考えたが、父に伝わるのが嫌でやめた。

みどりはそのままパリに渡った。会社員時代にためたお金や、小宮山デザインの役員だった母の遺産をすべて使い切るまで帰ってこないつもりだった。パリではデザイン学校時代の友達の家に住み、フランス語の教室に行ったり、美術学校の公開授業を受けたりした。けれど、ほとんど遊んでいたようなものだった。その後の人生で一番役に立ったのは、フランス人たちが自分で自分のアパートの部屋を改装するということを知ったことだった。ふらふらしていて、手先が器用なみどりは重宝されて、さまざまな部屋の壁を塗ったり、床をひっぱがしたりした。

ある日、どこで調べたのか、父から手紙が来た。「『Miss．Komiyama』がとんでもないことになっているぞ、自分の名前がついているものぐらい、ちゃんとしろ」と書いてあり、写真が同封されていた。写真を見て、みどりは絶句した。麦茶を入れるガラスポットに色とりどりの花模様が描かれており、そこに大きく「Miss．Komiyama」と名前が入っていた。

慌てて、元の会社に連絡をとると、詳細はつかめなかったものの、「Miss．K

ｏｍｉｙａｍａ」はすでに会社の手を離れ、大手商社に売り渡されているということだった。

みどりは日本に戻り、小宮山デザインの力添えで裁判を起こした。数年後、勝利し「Ｍｉｓｓ．Ｋｏｍｉｙａｍａ」を取り返すことができた。けれど、パリからは帰国しなければならなかったし、長い裁判は、みどりをひどく疲弊させた。

「おっぱいマンション」に戻って来ればいい、という父の申し出を拒否し、和解金で、みどりは都内に古い公団住宅の一室を買った。しばらくパリに行っていたことで、もう、日本の住宅の醜さに耐えられなくなっていた。普通の賃貸アパートでは内部も改装できない。公団住宅を十ヶ月かけてパリのアパルトマンの一室のようにした。壁と天井を塗り替え、床を剝《は》がして木を張った。壁も壊して、ワンルームにした。

部屋を改装した十ヶ月はみどりにとって必要な日々だった。それでやっと、醜い裁判と日本から解放された。

バブル景気は完全に終わっていた。マスコミは、誰かに責任をかぶせようとやっきになっていた。父が地方に建てた美術館が、公共事業の無駄遣いとして大きな批判を浴び、連日放送されていた。そのニュースが流れると、みどりはテレビを消した。

裁判の最中から、デザイン学校時代の友達の編集者からパリについての原稿を頼まれていた。書いたものを読んだ他の社からもぽつぽつと執筆依頼をもらうようになった。ある時、打ち合わせのため家に来た編集者は、みどりが制する暇《いとま》もなく、家じゅうを走って見て回った。そして、「この家のことを本にしましょう！」と叫んだ。

それがみどりの一冊目の本、『あたしの部屋、パリの部屋』になった。公団住宅の写真と、それを改装した一部始終をしたため、パリ時代に住んでいた部屋の写真も載せた。

バブルが終わって、人々は何か別の価値を求めていた。そこに投入された、「公団住宅でもこんなにすてきに！」「古いものを見直そう！」という提案は、爆発的な人気を呼んだ。

「だから、何も努力してないの」

みどりはすねたような声を出している、と自分で気がついていた。

岸田は困ったように笑った。

「あれはただ、パリから持ってきたもの。何か新しいものを作ったのではない。そのぐらい、私にもわかってる」

彼は下を向いて、しばらく指先を見つめた。顔を上げると口を開いた。

「実は、小宮山デザインを閉じようと思っているのです」

岸田の話が「おっぱいマンション」のことでなかったことには驚いたが、話自体には驚かなかった。

「かまわないわ。あなたの好きにしてくれていい」

すぐに答えた。

「長年、小宮山先生のおかげでやってこられたのに、心苦しいのですが……」

「とんでもない。まったく問題ないわ」

「もちろん、みどり先生が小宮山デザインを引き継いでくだされば、一番いいのです」

「そんなつもりはまったくない」

「でしょうね」

小宮山悟朗の死後、岸田が事業を継ぎ、みどりも名目上の役員となって多少の金銭を得ていた。その金にはほとんど手を付けずにやってこられたが、フリーの仕事をしていてどれだけ大きな安心感を与えてくれたか知れなかった。

それでも、素直に礼が言えなかった。

「やめて、あなたはどうするの?」

「ありがたいことに、いくつか仕事の依頼もありますので……小宮山先生のおかげですが……それが終わったら田舎でゆっくりしようかと思います。子供たちも独立しましたし、妻と二人で」

「よかった。本当にあなたには感謝している。何でも好きなようにしていいから」

「本当に感謝してくださっていますか」

急に彼は身を乗り出して、みどりに尋ねた。

「もちろん」

「じゃあ、一つだけ、私の願いを聞いてくださいますか」

「……どういうこと？」

「メタボマンションは改修か、完全に建て替えてしまうか、管理組合はまだゆれているようです」

「そうみたいね」

「あなたが最上階の権利を手放し、建て替えにまったく反対しない、と宣言されたために……」

言外に、非難が含まれている気がして、みどりは目を伏せた。

「最後に……最後に一度でいいので、メタボマンションを一緒に見ていただきたいのです」

「だから」みどりはいらだたしげに言った。「あれも好きにしていいから。あそこにあるものはすべてあなたに差し上げるから」

「そういうわけにいかないのです」岸田は首を振った。「小宮山先生には、いまだ、たくさんのファンがいらっしゃいますし、建築学会で活躍している弟子もいます。私なんかより優れた才能の方が。私一人があそこを片付けたとなりますと、いろいろ言われますので」

「私がいいと言っているのだから、いいじゃない」

「メタボマンションは我々のあこがれでした。先生の思い通りに建てた家に、美しい奥様とお嬢様がいて、新進気鋭の人々がいつも集っている。あの部屋はそれだけの価値があるのです。お願いします。みどり先生。私を助けると思って。あちらに行って、一通り見て回ってくださるだけでいいのです」

懇願する岸田に、しょうがなくみどりはうなずいた。

「わかったわ」

それから、岸田は小宮山デザインをたたむ上でのいくつかの事務的な話をして、帰って行った。

最後にみどりの部屋を出ていく時、「どうして、あなたは私を先生と呼ぶの」と尋ねると、「本を出された頃に、そうしろと小宮山先生がおっしゃったので」と微笑んだ。

みどりはやっぱり父が嫌いだ、と思った。

岸田が指定してきたのは、それから二週間後の晴れた平日だった。

車を差し向ける、という彼の申し出を断って、赤坂に向かう電車の中、みどりは昔、こんな日に岸田と二人で出かけたことがある、と思いだした。確か、中学生だった。父の遣いで、八王子に住む母の両親に何か届け物をしたのだ。岸田は大学院生だったのではないか。一人でも行ける、と父に言ったのに無理やり供を付けられたことでずっと不機嫌だった。岸田はただ、黙ってついてきた。

父がどうして義父母の家にやるだけのために岸田を付けたのか、みどりにはよくわかっていた。まだ半人前の学生だから、と結婚に強く反対した彼らに見せつけたいのだ。自分が娘一人の遠出にも書生を付けられるひとかどの人間になったということを。

赤坂の街並みを歩くのも久しぶりだった。東京で育ったみどりにとって、このあたりが唯一《ゆいいつ》の故郷といえる街なのだった。

「おっぱいマンション」の入り口で待っていた岸田と、最上階に上がった。

エレベーターはとてもゆっくり上がり、揺れて軋《きし》んだような音をたてた。父の逝去の際にも思ったことだが、エントランスなどの共用部分が狭くて古い。当時、最高級マンションとして、政治家や芸能人が我も我もと契約したとは思えないほどだ。もちろん、みどりだって初めて訪れた時には、その豪華さに目を見張ったのだが、今となってはみすぼらしいと言えるほどだった。

最上階で降りると、すぐに玄関だった。

「開けますよ」岸田が確認して鍵を出した。みどりはうなずいた。

ドアを開くと、そこに上り框《かまち》はない。欧米のアパルトマンやフラットと同じように平坦《へいたん》に作られていて、靴のまま上がれるようになっているのだ。確か、みどりたちも最初は靴のまま出入りし寝室でだけ靴を脱ぐことにしていたはずだけど、掃除が大変だと母が音を上げて、玄関口で靴を脱ぐことになった。

みどりと岸田も靴を脱いだ。

入ってすぐが広い居間になっていて、床にはコルクが張ってあった。これもまた、父の強い希望だったが、値段がバカ高く、掃除が大変だった。しかし、夏は涼しく冬は暖かい、気持ちのいい素材であったことを思い出した。

部屋の片面はみっちりと天井まで本棚になっていた。父が生きている間はぎっしりと本が入っていたのに、今は半分ほど空になっている。みどりは内心動揺した。みどりの今の部屋も同じ様になっているからだ。すっかり忘れていた。公団住宅を改装した時、一番に作ったのが本棚だった。それはパリのどこかの家で見たものを真似《まね》したつもりだったが、父の家も同じだったのか。ただ、父の好みで黒とオレンジに塗ってあるのでずいぶん印象は違う。けれど、それが今では床の濃茶に映えて意外に奇抜でなかった。横の岸田をちらりと見た。彼は、みどりの様子に気がついていないのか、平然としていた。

大きな家具には白い布がかけられていた。岸田はそれを一つずつ外して、畳みながら歩いた。一番大きなカバーを取り払うと、グランドピアノが現れた。

みどりは思わず、「覚えている？　ピアニストの稲森《いなもり》さんがそこで弾いてくださったのを」と声を上げそうになるのを抑えた。

あれは父の誕生日だった。誰かがピアニストで作曲家の稲森真一郎《しんいちろう》を連れてきたのだ。彼は今でもテレビドラマや映画音楽の作曲をしている。

ドアを開けて数歩中に入っただけなのに、みどりはぼんやりと立ちすくみ、流れ出す部屋の思い出に巻き込まれていた。

岸田はそっとみどりの背中に手を当て、キッチン、子供部屋、寝室、バスルームなどにうながした。

途中一度だけ、みどりは岸田に尋ねた。

「ここは、私が出てから何度か改装したの？」

「いいえ」と岸田は首を振った。「変えていません。小宮山先生は、小さなことでもそれを嫌いました」

こんなだったのか。父の家は。みどりは自分の中の記憶をたぐった。ただ、虚栄と恥に満ちた家だと思っていた。

悪くない。みどりは内装や父の選んだ家具を見て、認めざるを得なかった。ぜんぜん悪くない。それどころか、家のちょっとした部分、窓枠の丸みやドアノブの形、ベッドサイドの置物などに、みどり自身がこれまで選んできたものの片鱗《へんりん》がうかがえた。あそこも、そこも……自分がパリから持ち帰ってきて、新しいもの、新しいスタイルの提唱と謳《うた》っていたのは、子供の頃から見てきたものだったのだろうか。

バスルームに入る時、岸田は「ここだけは、一度、浴槽を最新式のものに替えました。風呂釜《ふろがま》が古くなってしまったので」と言った。

みどりはただ、うなずいた。

バスルームは今の基準から言ったら、そう広くない。壁は真っ黒に塗られていた。

けれど、天井が高くて、そこに明り取りの窓があった。自分の趣味とは違うけどオリジナリティがあり、すばらしいと思った。こんな浴室、パリでも見たことがない。天気のいい日に陽光を浴びて風呂に入れる。思わず、ため息をついた。

まだ、父の書斎が残っていた。

最後に残したのは、岸田の意図があるのだろうとみどりは思いながら、口にしたり、逆らったりする気持ちは、もう残っていなかった。

十畳ほどの部屋の中央に父のデスクがあり、窓際にあのコルビュジエの椅子があった。当時、豪奢《ごうしゃ》だと思った毛皮張りは、すり減って使い込んだ味が出ていた。仕事に疲れた時に休むためか、それは窓の外を向いていた。けれど、みどりの記憶に、疲れている父の姿は一つもないのだった。

デスクは内装工事をした時の廃材で、大工に注文してつくらせたものだった。そこにきて、やっとみどりは唇を曲げた。大きな流線型のデザイン、本棚と同じ黒とオレンジの配色。当時は新しいとされており、父の好みだった。

「これはやっぱり嫌いだわ」と小さくつぶやいた。

みどりは流線型のデザインが大嫌いだった。ひどく古臭く見える。誰でも、子供の頃に慣れ親しんだものはそう見えがちだ。だからこそ、シンプルなパリの街に心を奪われたのだ。

　みどりはデスクの横の本棚を見た。黒い表紙のノートがずらりと並んでいた。

　岸田はみどりの視線に敏感に反応して言った。

「とても気に入っていらっしゃいました。晩年までノートはそれだけしか使われなかった」

「Ｍｉｓｓ．Ｋｏｍｉｙａｍａ」のノートだった。

　本棚の足元には、部屋に似つかわしくない段ボール箱が置いてあった。開くと、びっしりと同じノートが詰まっていた。

「買い占められたのです。いつかなくなってしまうのを恐れて」

　みどりは本棚の、黒いノートに手を伸ばした。

「あ」と岸田が咎《とが》めるように声を上げた。

　声の意味が分からず、みどりはそれを手に取って、裏返した。「Ｍｉｓｓ．Ｋｏｍｉｙａｍａ」の白抜きの文字が、黒く塗りつぶされていた。

「……すみません。それだけはじゃまだ、とおっしゃられて」

「そうなのよ」

　みどりは岸田を振り返った。

「これはいらないの。パパは正解なのよ」

自分は今、困ったように笑っているだろう、と彼女は思った。

革命の教師

今のマンションに越してくる前は北関東の町の郊外に一軒家を借りていた。市瀬清《きよし》の妻が都心に物件を探し始めたのは、次女の就職が決まったすぐ後だった。彼女の就職先が都内で、都心で一人暮らししたい、と言い出したのだ。

「思い切って、私たちも都内のマンションに住み替えない？」

妻が急にそんなことを言い出したのには驚いた。

築四十年以上の古い家屋だが月三万ちょっとという家賃は安く、水戸まで車で行けば、東京までは特急で一時間余りだ。無理をすれば通えない距離ではない。もちろん、次女が家を出ても仕方がないと思ってはいたが。

家には庭があり、四季折々の草木を植え、少しばかりの畑もある。畑とは別に近所に市民菜園を借りていて、結構な収穫があった。

自分で所有しているわけではないけれど、長年住んでいて愛着のある家だった。妻も同じ気持ちで、夫婦二人、ここで老いていくのだと思っていた。

「借家なのが気になっていたの。老後、追い出されたらもう貸してくれるところはないかもしれない。不安だわ」

「でも、大家の川端《かわばた》さんはずっと借りてほしいと言ってたんだろ」

妻は、上の娘が家を出る時に置いていった、学生時代のジャージをはいた膝《ひざ》を手でこすりながら目を落として言った。

「川端さんはいい方だけど、代が替わったらどうなるかわからないでしょう。あそこの下の息子は海外勤務よ。こっちに戻ってくるわけがない。そうしたら、全部売って、お金で分けることになるかもしれない」

市瀬は大家の川端の顔を思い浮かべた。このあたりの地主で土塀に囲まれた古い日本家屋に住んでいる。農地もいっぱい持っていて、土地持ちなのに、川端もその老妻も質素ななりで朝から農業にいそしんでいる。穏やかな性格で、時々道ですれ違うと笑顔で挨拶《あいさつ》してくれる。息子が三人いて、上二人は地元の信金と役所に勤め、三男坊は東京の商社に就職して海外を飛び回っているらしい。

お互い冠婚葬祭の付き合いは欠かさないし、長女が結婚した時にはわざわざ川端本人が祝儀《しゅうぎ》を持ってきてくれた。大家、店子《たなこ》を超えた、親戚《しんせき》同然の付き合いをしているつもりだったけれど、妻はそんなことを考えていたのか。

「だったら、この近くに家を買うとか、マンションを借りてもいい。一足飛びに東京に行くなんて……」

「でも、京子《きょうこ》も光代《みつよ》も東京なんですよ」

娘二人の名前を挙げた。

「これから先、離れて暮らすの、さびしいし不安じゃないですか」

「しかし……」

「お父さんの退職金があるし、去年、あなたの家からの遺産も入ったから……」

それは言われなくてもわかっていた。

市瀬も妻も、学生時代に家を飛び出したきり、ほとんど田舎に帰ることはなかったが、わずかずつでも遺産はもらっていた。

「川端さんはいい人だし、市民菜園の仲間ともうまくやっている。東京に行って新しい人間関係を一から作り直すのは面倒だろう」

「それが嫌なんですよ」

妻の額に深くしわが刻まれた。

「もう、そういう関係はたくさん」

「だけど、皆良くしてくれるし……」

ずっと県立高校で理科教師をしてきた。権力の側につくのが嫌だったし、教育委員会とはもめてきたから、校長にも教頭にもなれなかった。が、最後まで一教師としてまっとうした自分を、このあたりの人は「先生、先生」と呼んで慕ってくれている。

「皆が、あなたのこと、なんて呼んでるか知ってますか」

妻の顔に冷笑が浮かんでいた。

「学生運動くずれの、校長にもなれなかった、万年平教師」

「え」

「その、あなたが絶賛する、このあたりとの良好な関係は、私が築いてきたの。どれだけ気を遣ってきたかしれない。家も買えない、借家住まいだとばかにされながら」

妻はもともと東京の世田谷の出身だ。こちらに移ってきても方言にだけは染まらなかった。

名古屋出身の市瀬は学生運動をしながら、大学を八年かけて卒業した。就職先はどこもなく、さまざまな地域の採用試験を受けて、やっとここの理科教師になれた。

妻とは学生時代に知り合った。近くの女子大に通っていて、市瀬の大学の学生運動の事務所に、友達とこわごわのぞきに来ていたのが、彼女だった。運動のいろはを、市瀬が教えた。三つ歳《とし》が離れていたが、当時はその歳の差以上に感覚が離れた、師弟関係に近かった。妻は喜んでついてきてくれた。自分の実家とも、妻の実家とも離れたこの土地で、地道に関係を作り上げてきたことは、市瀬の誇りだった。

「今がやり直せる最後のチャンスですから。あなたが行かなくても、私は行きますから」

きっぱりと言い切った妻のまなじりが白く光っていた。

やり直す、ということは、ここでのことが間違っていたという意味だ。しかし、市瀬はどこが失敗だったのか、とは聞けなかった。

そこまで妻に言われても、当初、市瀬は移住する気はなかった。

妻だけが東京に嫁いだ長女の家に何度も泊まって、マンションを探していた。まだ子供がいない専業主婦の長女もずいぶん協力していたようだ。家に帰ってきても、時々夜中に、次女と二人で相談しているのを聞いた。次女は本気か冗談か、「お父さんが東京に行かないなら、もう離婚しちゃえば？」などと言っているのが聞こえたが、市瀬はその部屋に入って二人の真意を確かめる勇気もなかった。

引っ越しにまったく興味がなかった市瀬の心が動いたのは、妻が赤坂の「ニューテラスメタボマンション」を見つけてきてからだ。

妻はさまざまな物件のチラシを持ち帰ってきて、それを手に、何度も市瀬に詰め寄った。「とにかくあなたも一度現地に行きましょうよ。女だけだと不動産屋に本気にされなくて」と言ってきたが、生返事をするばかりで手にも取らなかった。こうして適当に逃げていれば、そのうち彼女も諦《あきら》めるだろうと思っていた。

周囲の人が自分をばかにしている、という話には驚かされたが、落ち着いて考えてみたら、妻が大げさに言っただけだとわかる。あれから注意して、まわりの反応を見ていたけれど、そんな雰囲気はみじんも感じられない。

やっぱり、うそだったんだ。

そう胸をなでおろしていた頃、食卓のテーブルの上に重ねられたチラシの一番上に、それを見つけた。

「ニューテラスメタボマンション　日々の芸術をあなたに」

中古マンションなのに、妙な宣伝文句がついているところが目を引くチラシだった。けれど、そんなものがついていなくても、写真を観《み》ただけで、市瀬にはすぐにわかった。

あのメタボマンションだ。

地下鉄の赤坂駅から徒歩七分。築四十五年。現金で頭金を払い、短期のローンで買えそうな金額がそこにあった。

「あら。この間、それ見てきたのよ」

チラシを握って台所に立ち尽くしている市瀬を、買い物帰りの妻が見つけて、声をかけた。

市瀬がずっとマンション購入の話題を無視しているものだから、最近、夫婦の会話はほとんどなかった。次女もまた、市瀬に敵意を含んだ眼を向けていた。

妻がそんな優しい声で話しかけてくるのは久しぶりだった。

「こんなに安くなっているのか」

「びっくりでしょう。赤坂だもの。前の持ち主の人が老人ホームに入ることになって、少しでも早く買い手を見つけたいらしいの。不動産屋も、ものすごくおすすめだって言ってたわ。頭金を現金で多めに払えるなら、さらにお値引きも可能ですって」

「お前、このマンションを知っているのか。その価値を……」

言いかけて、思わず口をつぐんだ。それを口にしてしまったら、すべてを説明しなければならない。

「一度、見に行ってみない？　東京にちょっと遊びに行くつもりで」

「もう見たのか」

「ええ。そのメタボマンションは見たわ」

「どんな様子だった」

「どんなって……外観は少し古びていたけど、中はきれいになってたわよ。特に問題はなかった」

「最上階はどうなっていた？　最上階のペントハウスは」

「さあ。そこまでは見てないわ。だって、不動産屋の内見だもの」

「そうか」

市瀬がこんなに食いついてきたこともなかったので、妻は、嬉《うれ》しさの中にわずかな戸惑いさえ見せながら説明してくれた。

売りに出された部屋は、長い間、著名な古美術商が住んでいたこと、子供のいない夫婦だったので傷《いた》みなどはほとんどなく、内装はきれいな状態だったこと、広さは六十平米あまりでバストイレなどは現代風に改装されていたこと、便利な場所で前の住人から特に不満などは聞いたことがなく、長く住んでいたのはその証《あかし》だと不動産屋は強調していたこと。

話を聞きながら、市瀬は一つのことだけを考えていた。

あの場所に自分が住むのか、住めるようなことがあるのか。

そんなことが許される時代が来るとは、夢にも思っていなかった。

もう少しで、「自分はあのマンションに行ったことがあるんだよ」と告白しそうになってしまう自分を抑えた。

でも、「じゃあ一度、内見に行ってみる?」という妻の言葉には、素直にこっくりとうなずいていた。

あれがよくなかったんだよなあ、と市瀬は、マンションに住むようになってからすぐに後悔することになった。

売り手が急いでいるから、他にもたくさんの希望者がいるから。

いかにも不動産屋が言いそうな常套句《じょうとうく》を、初めて家を買う市瀬たちは真に受けてしまった。

何よりも、市瀬本人の気持ちが浮ついてしまって、あれから契約に至るまでの一ヶ月ほどの記憶が定かではないほどだ。ただ、ふわふわと夢の中のような気持ちで過ごした。

しかし、それを責めた妻だって、あのマンションを気に入っていた。

内見で「ニューテラスメタボマンション」に足を踏み入れた時のことは忘れられない。

今となっては手狭で古いエントランスも、なんだか深い歴史の証のような気がして、少しも気にならなかった。ゆっくり上っていくエレベーターも、品がいいような感じさえしたのだ。

「こちらです」

不動産屋の担当者がうやうやしく開けてくれたドアの中は、やはり、通常のマンションの部屋とは一線を画していた。

築四十五年ということだが、そこにありそうな和室なんてない。そっけないほどがらんどうの部屋は真っ黒な壁と床に囲まれていた。ただ、一番奥の窓が大きな円形であるのが、唯一《ゆいいつ》のポイントになっていた。

市瀬は黒い壁をぼんやり見つめていたらしい。

「この壁を白く塗り替えて、床もフローリングに張り替えられれば、ずいぶん雰囲気が明るくなります」

呆気《あっけ》にとられているように見えたのだろう。不動産屋が慌《あわ》てて言い添えた。

「いや、このままでいいです」

妻に腕をつかれる。思わず、本心が漏れてしまった。買うという意思はぎりぎりまで見せない約束だったのに。

「ですよね。僕もそう思うんです。やはりセンスのいい方は皆、そう言いますよね。このマンションの良さはそこにあると思います」

不動産屋は続けて、いかに小宮山悟朗が偉大な建築家であったのかということをぺらぺらと話していた。

円い窓は開けることができなかった。市瀬は言葉もなく、そこから外を眺めた。

「すてきでしょう。未《いま》だにデザインがぜんぜん古びない」

「……禅寺のようだ」

思わず漏れた声は、妻にも不動産屋にも聞こえていなかった。二人は声高に前の持ち主のことを話していた。

最先端のデザインの中に侘《わ》び寂《さ》びを利《き》かせるのが小宮山の発想だった。今ではそうめずらしくないアイデアだが、当時は斬新《ざんしん》だった。時代を先取りしていた。

真っ黒なダイニングキッチンの隣は、オレンジ色の個室になっていた。

「ここは……どう使うんですか」

「同じ部屋がもう一つあります。寝室や書斎にお使いになる方が多いようです」

「造りとしては2LDKということなのかしら」

妻が尋ねる。

「昔風の造りでダイニングキッチンが狭いので、2Kというふうに表示させていただいています。おかげでお値段をお安く抑えられているのです」

「最上階はどうなっているのですか」

さりげなく尋ねているつもりだったが、声が少し震えた。

「最上階？　屋上に上がることはできないと思いますが」

不動産屋が小首を傾《かし》げた。

「いや、そうじゃなくて。この最上階には設計者の小宮山氏が住んでいたはずだが？」

本当はここまで自分から口にするつもりはなかったのに、彼にまったく知識がないのでしょうがなかった。

「小宮山氏はもう亡《な》くなったから、ご家族でも住んでいるのかな」

ほとんど自分で説明してしまっている。

「ああ、そうみたいですね。小宮山さんのお嬢さんの持ち物になっています」

不動産屋は資料をめくりながら言った。

小宮山がいないのは残念だが、亡くなっているのだから仕方ない。それは最初からわかっていたことだ。けれど、彼の親族がいるだけ、まだ良かった。しかも、彼女のことなら知っている。リノベーション住宅の専門家のようになって、独身なのか、親の名前を利用しているのか、小宮山の姓のまま本を書いたり、時々テレビにも出ている。

これからは同じマンションの住人になるのだ。彼女と同じ場所に住むなら、どこかでお近づきになる機会もあるかもしれない。あの夜のことを話す機会も。

市瀬は名古屋の公立進学校に通っていた。一応、秀才として親や親戚からはほめられてきた子供だった。けれど、自分がどういう人生を送りたいのか、端的に言ったら、どんな職業に就きたいのかはずっとわからなかった。小学校などで将来の夢を尋ねられる時は、「学校の先生」と答えることに決めていた。

父親は四人兄弟の末っ子で、長兄が経営する小さな鋳物《いもの》工場に勤めていた。そのため、仕事上だけでなく、親族内でも常に親戚たちの顔色を見ているようなところがあった。長兄の家の息子たちは皆、出来が悪く、親に買ってもらった車やらバイクやらを乗り回すばかりで、ろくに学校にさえ通ってないような人間だった。

ある日、市瀬の父親が嬉しそうに帰ってきて、「兄貴が、お前を養子にもらいたいって言ってる。高校を出たら工場に勤めて、ゆくゆくは専務ぐらいにならしてくれるそうだ。従兄《いとこ》たちの右腕になってほしいって」と言った。

まだ高二だった市瀬は、驚いて母親の顔を見た。

日頃おとなしい母親も目をまるくして、「あんた、それ、もう、決めてしまったの？」と尋ねた。

「決めるも何も、ありがたい話じゃないか」

「だって、清の希望も聞かないで」

それは、一生、あの小さな工場でこき使う、という宣言のようなものではないか。社長にすると言うならともかく、あのバカな従兄たちの下で。

親父《おやじ》は俺に自分と同じ人生を歩ませようとしているのか。

「……大学に行きたい」

絞り出すように声にした。親父は目を見開いて、こちらを見た。

「清は十分大学に行けるって、学校の先生も言ってたから」

母が取りなすように言った。

まるで身売りをするように、子供の人生を決めた、あの日の親父のことを思い出すと、市瀬は今でも体が燃えるように熱くなる。親父に怒っているのではない。デリカシーのない親族に血がたぎるのだ。

「俺は絶対に、あんな工場で働かないから」

言ってしまってから、しまった、と思ったが遅かった。ぶたれる、と目をつぶったけれど、それはなかった。おそるおそる顔を上げると、親父の悲しそうな顔があった。

それから、親父がどれだけ大変な思いをして、長兄に断りを入れ、工場から金を借りて、市瀬を東京に出してくれたか、今となってはよくわかるけれど、当時は理解も推測もできなかった。親父はその後、一言も言葉をかけてくれなかったから。

大学進学のため家を出る時、駅まで送ってくれた母親が「父さん、喜んでいたよ」とそっとささやいた。

ずっと自分を苦しめてきた、親族や仕事、故郷を、息子があっさり裏切ってくれたのが本当は嬉しかったのかもしれない。

そんな、親も自分も周囲や親族の目を気にしてばかりの高校時代、あたりのことは何一つ気にしてないような小宮山の姿は市瀬を強く惹《ひ》きつけた。

市瀬が小宮山を初めて知ったのは、高校二年生の時だった。NHKの次世代の旗手を紹介する番組で、新進気鋭の若き建築家の筆頭として、インタビューされていた。

スタジオでの彼は気むずかしい顔で女性アナウンサーの質問に答え、一度も笑顔を見せなかった。

市瀬は驚いた。ＮＨＫの番組で愛想の悪い人間なんていうのは観たこともなかったからだ。彼が当時流行した「メタボリズム建築」の提唱者の一人だということはのちに知った。

インターネットでなんでも調べられる今とは時代が違う。小宮山の情報はなかなか得られなかったが、高校の図書館司書に頼んで、小宮山が出ている建築雑誌を取り寄せてもらったり、近くの町にでかけて大きな本屋で建築書を読んだりした。

そこで、メタボリズムが「代謝を繰り返して有機的に成長することをテーマにした」建築であること、小宮山がその先駆者としてもてはやされていること、少し強引だけど、カリスマ性のある手法で多くの資金を集め、「ニューテラスメタボマンション」を造ったことなどを知った。

何から何まで市瀬とは正反対の性格であり、まったく別の人生だった。

「小宮山は福島の農村の生まれだということを知って、市瀬はさらに彼に惹きつけられた。

自分と同じように、いや、自分以上に田舎くさいところで育った人が、こんな活躍をしているなんて。

いったい、何が彼を形作ったのだろう。

彼の元で、自分も学びたい。

少しでも彼の近くに行きたい。

市瀬が、小宮山が当時、教鞭《きょうべん》を執っていた、S大工学部を第一志望にしたのは自然な流れだった。


引っ越しは四月の半ばに行われた。転勤や卒業入学シーズンをずらしたのである。

慌てて行われた引っ越し準備の中で、妻は近所の人たちに「赤坂の一等地で……本当のデザイナーズマンションを見つけてしまって……夫が一目で気に入って……まるで現代美術のような建物なんですよ」とこれまでの敵を討つかのように、浮かれて言い回っていた。

その姿を見て、あいつはずっとこういうことをしたかったし、言いたかったのだ、とわかった。野菜作りが趣味の、つつましい、田舎教師の妻であることに満足して、世田谷の実家の価値観など嫌がっているのかと思っていた。

年を取ると人の地が見えてくるというのは、こういうことかもしれない。

とはいえ、妻の機嫌がいいことが夫にとってこれほど気持ちのいいものだとも知らなかった。市瀬も久しぶりに穏やかな気分を味わっていた。

そのマンションの「洗礼」にあったのは、引っ越しから一ヶ月半もたたない、五月の終わりのことだった。

まだ梅雨が来る前だったが激しい雨が三日間続いた。

朝のコーヒーを飲んでいた娘が、ふと、市瀬自慢の円窓を見ながら言った。

「あれ？　あそこ、なんか変な感じになってない？」

市瀬は、新しく入る区民サークルについて考えていたところだった。

商業地の多い町だが、ちゃんと昔から住んでいる人もいて、「いきいきプラザ」という老人用の施設もあり、談話室や風呂《ふろ》が利用できる。習い事の教室もあって、そこに入るのがこの町になじむ一番手っ取り早い方法のように思え、すでに、書道や俳句の見学をしていた。妻などは「お父さん、昔は絵も描いていたんだから、油絵やデッサンもいいんじゃない？」などと気楽に言う。学生時代、建築学科にデッサンの授業があったことを言っているのだが、老人相手に絵を教えている、素人《しろうと》に毛が生えた程度の講師に偉そうに指導されるなんて考えただけでもぞっとする。習うなら、今までの自分とまったく関係ない、けれど、どこか創造的なものがいい。

東京の真ん中なんて、福利厚生はどうなっているのか、少し心配していた。実際、前の住居を出る時に、そういう嫌味を言う人もいた。実際は税収が潤沢なのか、老人のための検診や介護、集会、習い事などの補助は手厚い。いい場所に引っ越せたのではないか、と自画自賛していたところだった。

だから、娘の声にすぐには反応できなかった。

「ねえ、お父さん、あそこ」

そう呼びかけられてようやく娘に目をむけた。次女は目がいい。指さす先の円窓のあたりに、市瀬にはそんな声を出すような異常は見られなかった。

「あそこって?」

「あそこ、あそこ。窓の上のところとか、なんかぶよぶよしてない?」

市瀬は目を凝らした。やっぱりよく見えなかったので、席を立って、窓辺に近づいた。次女もそれについてきた。

「……どうもなってないが」

「ここよ、お父さん、見えないの?」

次女が市瀬の肩越しに指さしたのは、壁の黒塗りの部分だった。確かに塗料のところにぽつぽつと水膨れのようなものができている。個数にして十ほど。大きさは五ミりから一センチぐらいである。

「なんだろ、これ」

次女が、マニキュアが塗られた尖《とが》った爪《つめ》で触ろうとしたのを、寸前で腕をつかんで止めた。

「何よお」

「そんなことをしたら、破れる」

そこが破れたら、もう、元に戻らない、とんでもないものがあふれ出してくるような気がした。反射的に本能から出た恐怖だった。

「だって、触ってみないとわからないじゃん」

落ち着いてみれば、彼女の言うとおりなのだ。市瀬は自分の剣幕に自分で動揺していた。

「いや、ちょっと様子を見た方がいい」

わかった、と次女はしぶしぶうなずいて、会社に行く用意に戻った。

社会人になったら一人暮らしする、と宣言していた娘だが、市瀬たちがこの町に住むことが決まってから、「仕事が落ち着いてから探すわ」と言って、なかなか出ていかない。ずっと生意気な口ばかり利いて、市瀬にあらわな反抗をすることもあった娘が、ここに来てから急に素直になった気がする。ひとえに、このマンションの立地の良さにはまっているらしい。

「どうなることやら」

妻は、ばたばたと出ていった娘の後ろ姿を見ながら、笑顔で愚痴った。

「あの子がいたら、手狭になるのに。本当に勝手なんだから。昨日は、あたしもう少しここにいてもいいかな、なんて言ってましたよ」

「まあ、好きなようにすればいい」

「ここなら、会社から二十分ですから。いいように親を利用して」

言葉はひどいが、心底嬉しそうだった。

市瀬の予想通り、壁の「ぶよぶよ」は数日で「引いた」。

「まあ、ちょっと水分が多くて膨らんだんだろう」

「でも、これから、梅雨ですからね」

妻はわずかに眉《まゆ》をひそめた。

しかし、ある程度の結露は都会のマンションならしかたがない、と自分に言い聞かせていた。

ところが、妻の心配通り、これだけでは終わらなかった。

壁の上方だけだった「水膨れ」が梅雨の終わりには壁の全面に出て、次女の爪が刺さるまでもなく、一斉に破れ始めた。

それは、市瀬に、娘たちが順番にかかった「水ぼうそう」を思い出させ、不気味だった。そして、夏になる頃には乾き、一面、びらびらと塗料が剝《は》がれ始めた。

もちろん、市瀬は「水膨れ」が破れ始めた時に、仲介してくれた不動産屋に連絡した。

「しかし、一度、お売りしたものですからねえ。塗りなおされたら、いかがですか」

いつもデスクに不在で、折り返しの電話もしてこない男は、やっとつかまえたと思ったら、平気でそんなことを言った。

「契約書にも明記されていると思うんですけど」

確かめるまでもなく、契約後の補修代は理由の如何《いかん》に拘《かか》わらず、市瀬が持つことになっていた。いわゆる、売り主の瑕疵《かし》担保責任が完全に免責になっていたのだ。

契約当時も少し気になった条項だったが、「特に古い中古物件の契約は皆、こうなっています。その分、お値段も安いんです」と言い含められて、サインしてしまった。

「でも、引っ越してからこんなにすぐにわかったのに」

「そろそろ五十年経《た》つ建物ですから」

だからあきらめなさいよ、とでも言いたげに、男は言って、電話を切られた。

市瀬は、マンションの他の住人にも尋ねてみた。

「あー、ご存じなかったんですか」

説明が終わるか終わらないかのうちに甲高い声を上げたのは、毎朝、トイプードルを散歩させている、二階の奥村《おくむら》という老女だった。散歩の帰りにすれ違ったのを呼び止めた。

「ここはね、このさいころみたいな形をきれいに出すために、雨どいがないでしょ」

「え。雨どい？」

まったく気がつかなかったし、不動産屋から説明もなかった。

「そうよ、雨どいがあったら、不格好になっちゃうからって、小宮山さんが付けなかったらしいのね」

太いピンクの枠に黒いレンズ、という、二十代の女性でも派手すぎて敬遠しそうなサングラスをずり上げながら彼女は言った。

「だから、どんどん雨がしみ込んできちゃうの」

「そんなことが許されるんですか。そんな欠陥住宅の建築が」

「しょうがないじゃない。あの人、ワンマンだから、誰も言い出せなかったんじゃないの」

「でも、これまでに直そうという話は……」

「何度か持ち上がったけど、つけたら造形が変わってしまうでしょう。反対する人もいてね。市瀬さんのところは天井と壁の雨漏りだけなの？　それなら、いい方よ。あの円窓のところから水が入ってきて床がびしょびしょになって、窓ごと替えた人もいるし、うちみたいな下の階は、床が斜めになってるわよ。それも、このさいころをきれいに作るための部材が劣化しているからなんじゃないかって。小宮山先生のお嬢さんはこのおっぱいマンションには住んでいらっしゃらないから、ここのことなんてどうでもいいんでしょ」

契約内容をよく確認しておくべきだった、と後悔したが後の祭りだった。

欠陥が明らかになるにつれ、市瀬は小宮山と初めて会った日のことを、思い出さずにはいられなくなっていた。

あれは大学に入学して、すぐのことだった。

猛勉強の末、小宮山が教鞭を執るS大工学部建築学科に入ったものの、小宮山は一、二年生の授業を持っていなかったので、その姿をキャンパスで見ることもなかった。三年になってから、彼の研究室に入るしかない。

希望の研究室に入るためには、ある程度の成績が必要ということはわかっていたけれども、高校時代の続きのような一般教養の授業は退屈で、市瀬は早くも大学に興味をなくしていた。

そんな時、小宮山が大学内で、公開授業を開くというポスターを掲示板で見つけた。学生なら誰でも参加自由で、費用の負担もない。大教室で講演形式で行われるらしい。

市瀬は当然、受講した。五月末の日曜日だった。まわりの友人たちも誘ってみたが、バイトだと断わられたり、休日にわざわざ授業を受けるなんておかしいと笑われた。

十時からの講義に、市瀬はその二時間前に着いて、前から二列目の正面向かって左よりという、お気に入りの、一番いい席に座った。

時間になっても、ガラガラだった。大教室に三十人もいなかった。市瀬には信じられなかった。小宮山は著書もあり、時々はテレビにも出るような、本学でも最も著名な教授の一人で、有名人とさえ言えるはずだ。それなのに、彼の教えを受けられる機会を逃すなんて。

大教室に入ってきた小宮山は、じっと学生たちを見つめていた。彼らの居心地が悪くなり、お互いの顔を見合わせるほどの長い間、声を出さなかった。

「お前たちは皆、バカ者だし、ろくな建築はできない」

いきなり、口にした第一声がそれだった。

「S大なんて入るのは、どうせバカだからな。しかも、せっかくの休日にこんな授業のためにのこのこ出てくるようなやつは、建築家にはなれない。建築なんて教室で習うものではないんだ」

その時、後ろの方でばたん、と音がした。頭にきたらしい学生の一人が出ていく音だった。市瀬はひやっとして、首をすくめた。

学生が出て行っても、小宮山は眉一つ動かさなかった。そちらを見ようともしなかった。

「他に、出ていく者はいないか。休日を有効に使おうというやつは」

さらに一人の学生が出て行った。

ざわつきが収まるまで、小宮山は一言も発さなかった。

「もう、いいのか」

出ていく学生がいなくなると、小宮山はにやりと笑った。

「こんなところに来る人間はバカ者だが、俺の授業を受けないのは本当の大バカ者だ」

教室中がどっと沸いた。

「俺の話を三分聞け。そして、自分のこれからの人生にとって意味がないと思ったら、そう言ってくれていい。俺は批判は甘んじて受ける」

教室は最後まで水を打ったように静まり返り、誰一人として出て行く者はなかった。

講義の内容は小宮山が建築家としてやってきた仕事での自慢話のようなものだった。建築会社や施工会社がどれほどバカなのか、そういうバカを束ねて自分がどれだけ金を出させてきたのか。けれど、それはすべて小宮山が経験してきたことだ。他の一般教養の授業のように、ただ教授たちが何年も前に作ったノートを読み上げるようなものではなかった。市瀬にはすべてがおもしろく新鮮で、一言も漏らすまいと聞いた。

最後に小宮山は居住まいを正して、静かに言った。

「いろいろ乱暴なことを言って、申し訳なかった」小さく頭を下げた。「けれど、今日、ここで俺の話を聞いてくれた君たちは、これまでの教授人生の中で一番素晴らしい学生だった。素敵な時間をありがとう」

NHKのインタビューにも笑わなかった小宮山先生が自分たちに向って微笑《ほほえ》みかけ、礼を言っている！

市瀬は胸がいっぱいになり、泣きたくなった。

公開授業が終わると、市瀬は思い切って、まだ教壇にいる小宮山に近づいた。

「先生」

小宮山はその特徴的な太い眉を動かして、市瀬を見た。緊張した。その瞳《ひとみ》に、自分が映っていると思うと。

「サイン、よろしいでしょうか」

おそるおそる、高校時代に買って、何度も読んだ『都市とメタボリズム』を差し出した。

小宮山はうなずいた。胸ポケットから太い万年筆を取り出した。

「先生にお会いしたくて、S大に入ったんです！　先生のようになりたくて。無理でしょうけど。でも、高校時代から、先生のご本とか、雑誌とかテレビとか観て」

サインしている短い間に、少しでも気持ちを伝えたくて、言葉を詰まらせながら話した。

「三年になったらぜひ、小宮山研に……」

小宮山はサインを終えると、ズボンのポケットからティッシュを取り出し、一枚をサインの上に置いてから、本を閉じた。インクが移らないようにしたのだろう。

意外と細かい気遣いをする人なんだな、と市瀬は思った。

「君、今日はこれからどうする」

「え？」

「これから、時間あるか」

「はい！」

「じゃあ、ついてきなさい」

小宮山はさっさと教室を出て行った。その後を、市瀬は慌てて追いかけた。

あの日は夢心地だった、と市瀬は思い浮かべる。小宮山は田舎から出てきたばかりの、十代の若者に、都会の一流の建築家の生活や力を見せつけた。

「今日は、岸田が風邪をひいたんだ」

歩いている途中に、小宮山は言った。

「岸田……さん？」

「ここの卒業生で、うちの書生だ。だから、君に代わりをやってもらおうと思う」

「僕にできるでしょうか」

小宮山は大きな革鞄《かわかばん》を、市瀬の胸のあたりにぶつけるように押しつけた。

「これを持って、黙ってついてくればいい」

「はい」

「くれぐれもいらないことは言うな」

「はい！」

小宮山がタクシーを使って、最初に向かったのはどこかの建築会社だった。そこでは社長と会長が出迎えてくれ、会議をした。三十畳ほどの広い会議室には、会社の重役ばかり十人ほどが集まっていた。市瀬は作業着を着ていない社長に会うのは初めてだった。言われた通り、黙っていた。

「今日、岸田さんは？」

途中で、社長が尋ねた。

市瀬は困って、小宮山の顔を見た。

「今日は体調が悪いらしくて休ませている。これは新しい書生だ」

「よろしくお願いします」

小宮山に目配せされて、あわてて立ち上がって挨拶した。

「また、書生さんを増やされたんですか。ご活躍で」

「いくら人がいても手が足りなくて」

小宮山はしれっと言った。

会議が終わると、社長や役員たちとともに銀座のレストランに行った。

市瀬は末席に座ろうとしたけれど、社長たちが「まあまあ」と言って、中央の小宮山の隣に座らされてしまった。

「君、飲めるよね」

田舎の法事で飲んだことはあるが、まだ十八歳だった。

「先生、僕」

未成年です、と言おうとしたが、彼の太い眉が動くのを見て、何も言えなくなってしまった。皆、ビールで乾杯した。食事はフランス料理で、市瀬はナイフやフォークに四苦八苦しながら、他の人を盗み見て、まねしながら食べた。しかし、魚料理用のナイフを間違えても、誰もこちらを見ていない、ということが途中でわかって、気が楽になった。

次に行ったのは、同じ銀座のクラブだった。雑居ビルの中にある店で、ママと三人ほどの女がいる、あまり広くない店だった。

今度こそ、市瀬は一番端の席に座った。さすがに社長たちも何も言わなかった。端の席に座って、女が作る水割りをちびちびなめながら、市瀬はぼんやり酒席を見ていた。自分はどうして、こんなところにいるんだろう、と思いながら。

しばらくすると、小宮山がこの店の中で一番きれいでちょっと年かさの女性のことを気に入っているのだということがなんとなくわかった。だから、この店に社長たちを連れてきたのだろう。

小宮山は意外と酒に弱く、すぐに赤くなった。そして、十時を過ぎる頃にはほとんどべろべろになった。

社長たちがタクシーを呼んで、なんとなく、市瀬が送っていくような雰囲気になった。小宮山の家など知らないのに。あの「ニューテラスメタボマンション」でよいのだろうか。

「先生、メタボマンションでいいですか」

体がふにゃふにゃになっている小宮山を抱き抱えるようにして車に乗せ、尋ねた。

「いいよー」

まるで歌うように小宮山は言った。

あのマンションに行けるのか。何度も著作や雑誌で見たあの場所に。市瀬は胸が高鳴った。

「で、君は？　君は誰だっけ？」

乗っている途中で、急に彼は聞いた。

「S大一年の市瀬清です。今日は先生の講義を受けた後、同行するように言われました」

「そうか。君はうちの研究室に来るんだな」

「いいんですか」

急《せ》き込むように尋ねた。

「必ず、来るように」

そのまま、小宮山は寝入ってしまった。

メタボマンションの最上階まで、肩を貸して上がった。チャイムを鳴らすと、中から女と少女が顔をのぞかせた。彼女らは小宮山の妻と娘だった。市瀬も二人の姿を雑誌などで見たことがある。

「あらあら」

痩《や》せて小柄な長い髪の妻が小宮山を見て、笑った。丸くてつるんとした顔だった。

「すみません。S大の……」

市瀬は自己紹介と説明をした。

「どうもすみません。ありがとうございます」

傍らに立って、母親とまったく同じ髪型をした娘はにこりともせずに、市瀬を見ていた。目は母親に似てぱっちりと美しく、鼻と顎《あご》は父親似で角ばって大きかった。

「パパ、パパ、しっかりして」

「私がベッドまで運びますから、上がっていってください。めずらしく、今日はどなたもいらっしゃらないから」

妻が小宮山を連れて奥に入っていった。市瀬は居間に娘と二人、取り残された。

部屋の中は何度も建築雑誌で見たことのある、時代の象徴とも言える内装だった。市瀬は思わず、その中を見回してしまった。歴史の中、芸術の中に自分はいるのだ、と思った。部屋のすみに白いグランドピアノがあった。

ふと気がつくと、少女は相変わらず笑顔を見せず、じっと市瀬の様子を見ていた。

その表情を見て、市瀬は気がついた。彼女はテレビに出ている時の小宮山にそっくりだった。今日一日、一緒にいて、仕事や飲みの席では小宮山が笑顔を見せることもあると知った今では、彼女の方が、市瀬のイメージの中の小宮山に近いほどだった。

小学六年か中一ぐらいだろうか、と思った。

「あんた、新しい書生？」

少女にあんた呼ばわりされることに驚きながら、それに少しも腹が立たない自分にもっと驚いていた。今日はさまざまなことがあって、この後さらに何があっても不思議ではないような夜だった。それ以上に、彼女のたたずまいが市瀬を圧倒していた。

「まだ書生ではないと思います。学生なので」

もう一度、名前と大学を名乗った。相手は子供なのにこちらは敬語だ。

「ふーん。じゃあ、家の中が見たいでしょ」

少女は市瀬の前に立って歩き出した。

呆然《ぼうぜん》としていると、部屋を出たところで振り返り、手を振った。犬かなんかを呼び寄せるような仕草だった。

でも、確かに、市瀬はその家の中を隈《くま》なく見たかった。奥に入っていった小宮山や妻のことは気になったが、彼女の後に続いた。

彼女は躊躇《ちゅうちょ》せず、居間から自分の部屋、バストイレ、そして、書斎へといざなった。どれもこれも雑誌で見たまま、きれいに片づけられ、整頓《せいとん》され、部屋の隅々までちり一つなく、花や絵がたくさん飾ってあった。雑誌の一ページのような部屋に、普通に住んでいる人間がいるのだ、ということを初めて知った。

「市瀬は小宮山研に入りたいの？」

小宮山の書斎で、その本棚を熱心に見ている市瀬に、少女は尋ねた。呼び捨てにされた驚きよりも、どうしてそんな言葉を子供が知っているんだろうということの方が不思議だった。彼女にとっては慣れ親しんだ言葉なのか。市瀬や同級生にとっては、「○○研」や「○○ゼミ」という言い方でさえ、大人になったような気がして口にするのが嬉しいのに。

「はい」

「やめた方がいいと思う」

「どうして？」

「パパにこき使われるし、デザインを盗《と》られるから」

こともなげに彼女は言った。

「本当……」

尋ねかけた時に、後ろから、小宮山の妻の声がした。

「ごめんなさいねえ。お茶でも飲んで行ってください」

市瀬は驚いて、勝手に家の中を見て回っていることをわびたが、そんなことはこの家では当たり前のことらしく、どうとも思ってないようだった。

勧められるまま、お茶を飲んで、市瀬はその家を後にした。

その後も、市瀬は機会があるごとに小宮山の授業や講演会に行った。回数は多くはなかったが、会の終わりなどに、小宮山と顔を合わせれば「先生」と挨拶した。あれほど近しく話すことは二度となかったが、目が合えば「ああ、君か」とうなずいてくれた。一度など急に市瀬の手を握って「がんばってくれ」と激しく振ってくれたこともあった。小宮山の隣にはいつも同じ男がぴったりくっついていた。線が細く、鋭い目をした男だった。あれが「岸田」だろう、と市瀬は思った。

三年生になる前に、研究室を選ぶ時期が来た。

もちろん、市瀬は第一志望を「小宮山研」にして、第二志望以降を空欄で提出した。小宮山研に入れないことなど、考えたこともないし、それ以外は考えていない、という気概を示したつもりだった。

新学期、市瀬の元に届いた研究室決定の知らせには、まったく知らない教授の名前があった。

「近藤研究室」

市瀬は呆然として、その名前を見つめた。何かの間違いだとしか思えなかった。

走って事務局に赴き、事務員に用紙を見せて説明を求めた。

「これ、何か間違っていると思います。先生から小宮山研に来るように言われたんですけど。ご自宅にもうかがったことがあって」

「……小宮山研は一番人気のある研究室ですから。第二志望のない方はこちらで振りわけさせていただきました」

顔色の悪い、腕ぬきをつけた女は苦笑しながら言った。

そんなことは知っている。だけれども、先生の公開授業に毎回参加していたのはこの俺だ。その度に、声をかけていただいたのも、この俺だ。

「選考には成績も深くかかわってきますし」

「成績だって、悪かったはずはないですよ」

市瀬の成績は「良」が二つ、それ以外は全部「優」のはずだった。

「それでは、先生に直接お聞きになってくれませんかー。こちらではわかりかねますのでー」

面倒くさそうに語尾をのばして、彼女は答えた。

すぐに小宮山研の前まで行った。普段ならとても近づけない場所だったが、その時は憤慨からくる勢いがあった。

強くノックすると、岸田という男が出てきた。

「なんでしょうか」

一目で学生とわかる市瀬にも、丁寧で静かな声で聞いた。

「あの」

品の良い、白いシャツと黒いズボンの男に見つめられると、小宮山の前に立った時以上にたじたじとなった。

「研究室の選考のことで」

それでも、視線に耐えて、これまでのことを説明した。

「……市瀬君、実技は出した？」

「はあ」

実技とは、小宮山が研究室選考の参考として提出させた設計図のことで、六十平米の土地に二階建て住宅、四人家族、という条件の家を設計させる試験だった。きっちりと子供部屋や夫婦の寝室をしつらえた設計図を描いた。

「ちょっと待って」

彼は一度ドアの中に入ると、一枚の紙を持って出てきた。

「今回の優秀者の設計図。これをよく見て、自分のものと比べてほしい」

そして、さっさとドアを閉めてしまった。

市瀬はそれを一目見て、呆然とした。

そこには六角形の家があった。一部屋一部屋は正三角形でできている。バスもトイレもその三角形の部屋の中にあった。

確かに斬新な設計だった。けれど、こんなもの、現実に住めるか。

しかし、自分には一片もない発想だった。それだけはわかった。

「パパにこき使われるし、デザインを盗られるから」

小宮山の娘の言葉が浮かんだ。

俺のは盗む価値もないのか……。

市瀬はその紙をドアの前に叩《たた》きつけて去った。

市瀬はその一年後、建築学科から自然科学科に転科した。キャンパスをぶらぶらしている時に学生運動をしている友人に誘われ、学生団体に所属した。そのまろくに大学に通わず、八年かけてようやく卒業した。

自分の人生を変えたのは、小宮山悟朗だというのは間違いのない事実だが、一方で認めたくない現実でもあった。

バブルが崩壊し、公共事業がまるで悪魔の所行のように叩かれ始めた時、小宮山もその恩恵を受けたものとして矢面に立たされ、市瀬はようやく小宮山のことを冷静に振り返ることができるようになった。

地方に建てられた、役所や多目的ホールが無駄遣いの根源として、たびたびテレビや週刊誌に取り上げられ、最初は胸がすくような思いがしたが、少しずつ、それらが泣いているように見えた。小宮山はともかく、建物には罪がない。今見ても、悪くないデザインに思える。

市瀬はそういう割り切った自分の感覚、いつまでも恨んだりしない性格を悪くないと誇った。そして、いつだったか、テレビの画面に建物が映っているのを観ている時に、家族に「お父さんは昔、この先生の近くにいたことがあるんだよ」ともらしてしまいそうになったことさえあった。

娘たちが小さい頃、市瀬は、家族で近所の雑木林や公園を散策した。そこで妻や娘たちがはしゃいだり、笑い声を上げた時、しみじみと幸せだと思った。大きな成果を上げてもてはやされても、最後に「堕《お》ちて」しまってはなんにもならない。こういう小さな幸せこそが自分が得られた最上のものだった、と感じた。小宮山や建築に絶望して転科し、雰囲気に流されるように学生運動にのめり込み、結果として実家とも東京とも違う土地で就職した。あの、小宮山悟朗を追っかけた日々がまさに青春であり、あきらめた時が終わりだった。

だからこそ、大きな心で、小宮山を「許した」証が欲しかった。

人生のけりを「ニューテラスメタボマンション」の購入でつけられたような気がしていた。自分はあの人を許し、あの日、訪れたマンションを購入することさえできた。

もう、何も恨んでない。

それなのに、そのマンションが市瀬を裏切るなんて。


市瀬が管理組合の会合に出席して、建て替えを話題に上げてみても、最初は今一つ動きが悪かった。

これまで住人たちは住みにくい、水漏れがする、とお互いにこぼしながらも、個別に修繕するのみで、具体的にはまったく動いてなかったらしい。

「立地は文句のつけようがないですから、現在の倍の戸数を造り分譲すれば、元住人は資金ゼロで新しいマンションに住むことが可能でしょう」

市瀬がそう主張すると、風向きが変わった。資金ゼロで新しい、バリアフリーの部屋に住めるなら願ってもない、と皆、少しやる気になった。

その案を管理会社と小宮山デザイン事務所に伝えると、「ご提案を持ち帰って社内で……しかし、こういう場合、修繕で対応することが通例です」という芳《かんば》しくない返事が返ってきた。彼らからしたら、手間ばかりがかかり、ほとんど利益が見込めない仕事はしたくないのだろう。

その時、市瀬の心の中に何かがひらめいた。すぐに知り合いの弁護士を呼びだし、管理会社と小宮山デザイン事務所が建て替えに難色を示している、ということを元に、さまざまな場所に働きかけることを決めた。学生運動の経験がある市瀬は戦い方を知っていた。不動産屋や事務所から冷たい仕打ちを受けてからの市瀬の動きはシンプルで早かった。テレビなどのマスコミを巻き込んで早い時期から弁護士に相談した。マンション建て替えや欠陥住宅は今、注目のトピックスでもある。すぐにテレビの取材を受け、市瀬は自ら自宅を公開して訴えた。

市瀬は他に、住宅関係の問題に強い弁護士とも面会した。

「こういう場合、どこと戦うか、ということを明確にした方がいいと思います」

四十代半ばの気の強そうな、短髪の女性弁護士だった。

「まだ、どこも明確な回答をしめしたわけではないですから、それによって変わってきますが」と前置きしながら、「ずさんな管理をしているとして管理会社と戦うのか、施工会社か、それとも小宮山デザイン事務所か、もしくは、市瀬さんの売り主や不動産屋か、とにかく敵をはっきりさせることです」と説明した。

彼女はマスコミや運動家を入れるのは反対で、そうしてことを大きくすることで、焦点がぼやけ、確実に成果を上げることが難しくなる、と説明した。

「この場合、最初は管理会社を相手にするのが一番いいと思います」

しかし、彼女の意見に市瀬はまったく賛成できなかった。

「最初にこんな設計をしたのは小宮山デザイン事務所でしょう。どうして彼らが責任を逃れられるのか」

「責任を逃れる、というわけではありません。戦い方を単純にして、目的を果たすことを第一に考えよう、ということです。管理会社が責任を認めれば、自然、小宮山デザイン事務所にも矛先は向かいます」

結局、彼女にいくら説得されても、市瀬は納得できなかった。

「市瀬さんは、別に何かお考えがあるように感じます。マンションとは違う、別の何かと戦っていらっしゃる」

最後に、彼女は片手を差し出して握手しながら、苦笑して言った。本心を見透かされたようで、思わず引っ込めたくなった。

管理会社を通じて正式な回答があった。

最上階のペントハウスの持ち主、小宮山みどりが建て替えに賛成し、相応の金額をもらう代わりに権利を放棄したため、全面的に建て替え要求に応じる、という連絡である。みどりに提示された金額は都内一等地のペントハウスを手放すにしては、決して多いとは言えなかった。しかし、その金額を彼女はまったくなんの不満もなく受け入れたらしい。

マンションの住人たちや、市瀬の妻は大喜びだった。「終《つい》の住処《すみか》と思って買ったのに、とんだ欠陥住宅だった」と雨もりがわかってから冷たかった妻や娘たちは市瀬にそっけない態度はとらなくなった。住人たちは廊下ですれ違う時など、口々に感謝の言葉を述べてくれる。

弁護士たちも「こんなにすんなり決まるのもめずらしい」とどこか拍子抜けした様子だった。

しかし、全面勝利となった今、市瀬はどこか迷っていた。

これでいいのか。

おぼろげな記憶の中の、小宮山みどりに話しかけている自分がいる。テレビや雑誌で見る、現在の彼女ではなく、あの時の少女だ。

「君は、それでいいのか。ここから逃げるのか」

しかし、こましゃくれた子供は、肩をすくめてこちらを見るだけだ。

彼女が反対し、拒否してくれたら、自分は小宮山と戦うことができたのに。小宮山という形をした権力があらがえば、それを司法の場に引きずり出し、徹底的に痛めつけ、向こうが土下座して謝ってくるまで許さなかったつもりだったのに。

自分は、あの傍若無人な小宮山親子を本当は許していなかったことにやっと気づいた。

小宮山みどりがあっさり認めてしまったら、自分の居場所、自分の仕事はもうなくなってしまったような気がする。あとはただ、都内の少し上等な、平凡なマンションで老後を送るだけの人生。

管理会社に、小宮山みどりと話し合いたい、と申し入れてみた。彼女と会って本心を聞きたい。

本当は、泣きの涙で手放したのではないか。こちらをうらんでいるのではないか。その気持ちを知りたい。

しかし、管理会社からは「それはできない」という返答が来た。

「小宮山みどり氏は権利を手放す代わりに、『ニューテラスメタボマンション』の今後一切の建て替えに関する責任を負わない、という契約を結んでおります」

市瀬はそれでも、あきらめきれなかった。何時間もネットで彼女の名前を検索したり、図書館で彼女の本を手に取ってしまったりする日々が続いた。しかし、本を開くのは、小宮山家のすべてに負けるような気がしてできなかった。

「小宮山みどり、サイン会」

その告知を見つけたのは、新聞の新刊書の広告欄だった。

時間通りに、会場の書店に行ってみると、思っていたよりも、簡素な机と椅子《いす》が並んでいた。書店の店員が手書きで作ったパネルの前に、彼女は座っていた。足元まですっぽり覆《おお》っている、黒いワンピースを着ていた。昔の面影はまったくなかった。

そう仰々しい雰囲気でなくて、少しほっとした。

行列に並んでいると、すぐに順番が来た。

「私はね、あなたのお父様を知っているんですよ」

市瀬から本を受け取ると、彼女はあいまいな微笑みを浮かべてサインを始めた。

「そうですか」

本に顔を向けていたので、表情は見えなかった。

「あなたともお会いしたことがある。ニューテラスメタボマンションで」

そうだった、あの日も、こんなふうに、小宮山悟朗にサインを求め、その流れでマンションに行ったのだ。

みどりから返事はなかったが、かまわず続けた。

「お気づきにならないのも仕方ない。あなたはまだこのぐらいの」

手を胸のあたりに上げた。

「お嬢さんだったから」

「……父のところにいらっしゃった方ですか」

彼女はやっと顔を上げた。

「S大の学生でね」

「そうですか」

彼女はそれだけ答え、その後は何も言わずに市瀬の顔を見ていた。ひどく落ち着いた態度だった。気まずさや焦《あせ》りを感じるのは自分ではなく、相手なのだ、ということをみじんも疑っていない人間。

先生と一緒だ、と思った。相変わらず、小宮山悟朗とこの女はなんと似ていることだろう。

「ニューテラスメタボマンションに建て替え運動がおきていることはご存知ですよね」

「存じております」

そこまで言っても、顔色一つ変えない。

「あの」彼女の後ろに立っていた、若い女性が言った。書店員だか、編集者だかわからない、若い女性が言った。

「すみません。後ろの方がつかえているので」

「私なら、運動をやめさせることもできるんですよ」

そちらを見ようともせず、市瀬は続けた。やっと表情を変えさせる言葉が出た。期待通り、彼女は小さく目を見張った。

「やめさせる？」

「あなたのお父さんが設計なさった、あの建築を残すことも、可能なのですよ。私が運動の中心人物ですから」

あなたが懇願すればね、と心の中でつぶやいた。

「すみません。お客様、もうその辺で……」

みどりが振り返って、若い女性に小さく首を振った。彼女は黙った。

「それには及びません」

市瀬の方に顔を戻して、言った。

「え」

「あれは建て替えてくださって、結構です。管理会社にもそうお話ししてあります」

「でも、あそこはあなたのお父さんが……」

もう一度、みどりが傍らの女性に合図した。

「お客様、失礼します」

みどりに市瀬を止める許可を与えられた女性は、自信を込めて、市瀬をさえぎった。

「待ってください」

そんな声を出したくなかったのに、気がついたら、叫んでいた。

「いいんですか。あの歴史的な建造物がなくなってしまって。あなたの思い出の場所でしょう」

「……私には他に家がありますから。本のご購入、ありがとうございます。お読みいただければ、わかると思います」

彼女は、もう、なんの興味も失った目でこちらを見た。

自然と市瀬の体は、列から離れた。釈然としない気持ちで歩きだす。

市瀬は書店から出て、新宿の雑踏を歩く頃、やっと彼女の言葉について考えた。

他に家がありますから。

どういう意味だろう。俺らと違って、たくさん家があるということか。

本を読め？　バカにしているのか。こんな時にも商売か。

何よりも、なぜ、彼女は俺の前にひれ伏し、頭をさげて、懇願しないのか。

絶対に許さない。

くり返し、くり返し、頭に浮かんでくるのはその言葉だけだった。

絶対に、許さない。

そう心に誓いながら、彼女を許さないということが、今後、どう行動することにつながるのか、わからないまま、市瀬は何度もつぶやいた。

敗北の娘

夫が社長の娘と福島に行ってから、二日が経《た》った。

香子《きょうこ》が、小宮山みどりを社長の娘と呼ぶのは間違っているのかもしれない。今、「小宮山デザイン」の社長は夫、岸田恭三で、みどりの父親の小宮山悟朗が亡《な》くなってから十年以上になるのだから。

それでも、香子はあの人を社長の娘、と思ってしまう。

いまだに彼はここに君臨していて、夫は小宮山の設計を、小宮山の生前の指示のもとに行い、小宮山の意思を残すための仕事を続けている。新しい仕事にも、小宮山悟朗の設計が求められる。

「みどり先生と福島に行くことになったよ」

そう彼が言ったのは、先月のことだ。

「社長の娘さんと福島、ね」

香子は室内で見事に咲き誇る、アイビーゼラニウムの花がらを摘みながらつぶやいた。ゼラニウムの花は少しでもしおれたら早めに取り除く。その方が見栄《みば》えもいいし、花がたくさん付く。

社長の娘と、とつぶやいた後、黙ってしまった香子に向かって、夫は言葉を続けた。

「みどり先生に福島の現場を見てもらうことにした。斎藤《さいとう》と小林《こばやし》を連れていくよ」

事務所の若い設計士の名前を挙げた。

「あら、そう」

そう言う以外、何もない。

「彼らに交代で車を運転してもらう。リノベーションの場所だけじゃなく、小宮山先生の故郷にも行ってみようと思って」

相馬の松川浦にある、古い旅館のリノベーションを頼まれているらしかった。松川浦は二〇一一年の東日本大震災の際、津波の被害を受けた海岸沿いの街だ。温泉や大きな観光地があるような場所でもなく、オーナーはもともと廃業を考えていたらしい。

しかし、小宮山デザインが手掛けた房総の古いホテルの改築工事の特集番組を観《み》て、「うちの旅館もまだ生まれ変われるだろうか」と声をかけてきた。その内装デザインの担当に、岸田は小宮山みどりを加えようとしているのだ。

みどりは二十代でパリに渡り、日本に帰国してから、部屋のインテリアや古い住宅のリノベーションの専門家として何冊も本を出している。小宮山悟朗との関係をずっと断ってきた彼女は、今度の申し出も固辞していた。けれど、夫の「一度現地を見て、アドバイスだけでもいただければ」という懇願についに負けたらしい。

福島は小宮山悟朗の故郷であった。

彼が亡くなって夫が戸籍を調べた時に、戸籍上の名前は「五郎」だったということがわかった。さらに調べたら、高専を卒業後、東京の設計事務所に助手としてもぐりこんだ時は「吾郎」を名乗り、さらに建築家としてデビューした時に「悟朗」に変えた。農家の、文字通り五男に生まれた彼は、五郎を吾郎、悟朗と変えながら生まれ変わり、過去を捨ててきたのだろう。

その貪欲《どんよく》な姿に、東京山の手の生まれで代々商社マンの家庭で育った香子は、ただの俗物、必死すぎる上昇志向……など嫌悪《けんお》感《かん》にさえ似た感情しか持てない。けれど、夫にとっては力強い生命力と、良い意味での上昇志向のあかしと思えるらしい。

「まいったよ、先生は名前を変えられていたんだ」

そう言った時、夫は苦笑いしながらも、どこか敬愛を含んだ表情だったことを覚えている。十年以上前のことなのに、はっきりと。

だから、黙っていればいいのに、つい声がもれてしまった。

「……喜ばれるかしら」

「え」

「親が捨てた過去を見せつけられるような場所に行きたいかしら」

夫が黙る番だった。

香子は花がらをゴミ箱に捨て、手を洗って花のカスを落とした。どこか遠くで、かすかに鳥の声が聞こえた。女の絶叫のような音が細く、長く続いた。

「……自分の原点に戻るような場所に行って、みどり先生も何かを生み出すかもしれない。才能のある方だから」

才能、感性、努力。夫が彼ら二人を称するときの枕詞《まくらことば》だった。

夫に背を向けたまま、香子は声を出さずに笑った。そうだろうか。あの欲の塊のような小宮山悟朗。一代で財を築いた親の恩恵を一身に受けて育ちながら、反抗してパリに逃げた娘。一見、父親の庇護《ひご》から逃げようとしているようで、事務所の役員に名を連ねることには抵抗せず、優雅な一人暮らしを世間にさらして稼いでいる。香子のような専業主婦ではなく、自立しているようでいて、実は多額の金が事務所から出ているのだ。

会ったことは数えるほどしかないが、いつもにこりともせず、夫を「岸田」と呼び捨てる彼女の前に出ると、香子は落ち着かない気分になった。自分が普段、誇りとしているものが、彼女からは何一つ相手にされなさそうで。

夫も地方出身だ。けれど、裕福な農家の次男坊で、両親や祖父母の愛情を受けながら、「絵が上手で出来のいい恭三君」として好きなように生きてきた。おっとりと優しい長男が地元の役所に勤めながら家を継いだから、都会に出ることも許された。故郷に行けば何かを感じる、何かを得られる、と素直に信じている夫と、名前をころころ変えることも厭《いと》わないメンタルを持った小宮山は、生まれも世の中に対する心構えも違う。ましてや、その娘、みどりは東京生まれだ。

「君も一緒に行かないか」

最後に彼はそう言った。その誘いも、香子にはアリバイ工作のように聞こえた。

「私が田舎嫌いなのは知っているでしょ」

捨て台詞《ぜりふ》のように聞こえたかもしれない、と今でも少し気になっている。

「ママ、丸の内に出てこない？　ランチしようよ」

長女の咲苗《さなえ》が前日に電話で誘ってきたので、香子は東京駅に向かった。

「西原《にしはら》さんも一緒なの？」

「ううん。二人だけよ」

おおかた、新しいフレンチの店でも見つけて、下見がてらおごらせたいのだろう。

そんなことを考えながら、電車の中でスマートフォンを使って、娘が指定して来た店の情報を読んだ。

レストランは丸の内に新しくできたビルの最上階にあった。夜は二万円以上だが、昼間はリーズナブルに三千円からコースがある。

窓際《まどぎわ》のテーブルで、彼女はすでに待っていた。

「ママ」

案内されて近づいた香子に気がついて、胸元で小さく手を振った。それを見ると、もう二十六の娘だと言うのに、子供の頃、ぎゅっとしがみついてきた時と同じように胸が震えた。

香子にそっくりと言われる小さな顔に、夫似の少し大きめの鼻。本人は気にしているようだが、それが少しエキゾチックな雰囲気を醸《かも》し出して、美人と言って差し支えない容姿だった。

靴もバッグもスーツも申し分なく上質なもので、ネックレスは二十歳の時に夫が贈ったベビーパールなのが初々《ういうい》しい。香子はランチだから柔らかい素材のワンピースに大粒のバロックパール。おそろいのようで、密《ひそ》かに誇らしく嬉《うれ》しかった。もう五千円のコースを予約しているのよ、と彼女は声を潜めて言った。

「いい店ね」

「ニューヨークで二つ星をつけている、フレンチレストランの支店らしいの」

「あら、楽しみ。だけど、二つ星ってなんだか中途半端《はんぱ》ね。一つ星はやっと星を獲得したって喜びや張り切りがあってリーズナブルにおいしいものが食べられる気がするし、三つ星は別格でしょ。二つ星は……」

「停滞？」

思わず、二人でくすくすと笑う。

「そういえば、パリのマキシムが二つ星に落とされた時、怒って星を返上したことがあったわ」

「ママ、パリのマキシム行ったことあるの？」

「昔、パパの……何かコンペティションがあって、その時に一度だけ」

「マキシムはその後どうなったのかしら」

「さあ、気にしてなかったわ」

香子たちがどんなことを話しているかも知らず、ウエイターたちは皆、必要以上に丁寧で親切だった。そう混んでもいなかったし、上質な服を着た小金持ちの母娘《おやこ》に不親切なウエイターはきっと世界中に一人もいない。

コースは可もなく、不可もなく、というところ。パイにオニオンを添えて軽く焼き上げられたアミューズも、ウニが載っている前菜も、皆、おいしいが特別驚くようなものはなかった。

「何か話があるんじゃないの」

ただ新しいフレンチを開拓したいわけではなさそうだということは、マキシムの話が終わったあたりから気がついていた。笑っていても、どこか笑顔が不自然だ。

「たいしたことじゃないの」

何か問題が起こった時、最初にそう言うのは、昔からの咲苗の癖だ。中学時代に学校の近くの喫茶店に寄っているのが見つかって厳重注意を受けた時も、高校時代に子供の頃から続けていた硬式テニスをやめようとしている時にも。だから、それを言われると、こちらは心配せずにいられなくなる。

「……西原君がね……他の女の子と会っているみたいなの」

「え」

香子は胸がつかえ、息がとまりそうになるほど驚いた。

「でも、大丈夫。もう二人で話し合って、解決したから」

そう言って咲苗はぎこちなく笑った。

西原は咲苗と同じ商社の同期社員だった。正直、もう少し、年上のしっかりした人の方が彼女には合っていると思ったし、どことなくジャガイモを思わせる（わりに形のいいジャガイモだ）顔立ちも気に入らなかったが、娘も二十六歳、えり好みをしていたらすぐに三十になってしまう。

「解決したって……その女の子ってどこの人なの？」

もうママは……ちゃんと話し合ったって言ったでしょ、とふくれていたが、つぎつぎと質問を浴びせると不承不承話し始めた。

嫌がるふりをしていても、辛抱強く聞き出せば必ず答える。これも咲苗の子供の頃からの特徴だった。だいたい、本当に話したくなければ、こんなところに香子を呼び出したりしない。

相手はまだ二十二歳、大学を卒業したばかりの派遣社員だと言う。

香子はさらにむっとしてしまった。最初から商社の男を狙《ねら》って派遣社員になったのだろうか。

咲苗の就職がうまくいかなかったら同じことを勧めようと思っていたことは棚に上げて、香子は言った。

「よりにもよって、そんな人と」

「そうなの。人数合わせで行かされた合コンで知り合ったんだって」

女からの数度のメールで誘われて（ジャガイモが言うことを信じるならば）食事に行っただけだという。咲苗は、ここのところ朝帰りが続いている彼を疑ってスマートフォンをのぞいたらしい。

「どんなメールのやりとりをしてたの」

「まあ、普通の……ご飯行きませんか、とか、楽しかったですありがとう、とかのメールよ」

咲苗はそこで口ごもった。

「それより、ママ、聞かないんだね」

話をそらすように言った。

「何が」

「他人のスマホを勝手にのぞいたりしたのって。友達は皆、それを聞いたよ。彼のスマホを見るか見ないか、意見はいろいろだったけど」

香子はそこにはなんの疑問も持たなかった。婚約して、同居もしているのだ。当然の権利ではないだろうか。

「そんなことより、西原さんはどう言ってるの？」

「ただ、何回か食事しただけで、別に何もないって。彼女に悩み事があって、その相談に乗っていたらしいの。もう会わないって言っているし」

それだけではないのだろう。彼女の口調でピンと来た。咲苗さえも疑ってる何かが。

「何回かって、何回？」

「さあ、三、四回ぐらいかな」
三、四回。本当だろうか。もう少し多そうだし、だとしたらただの関係ではない。
さあ、どうしようか。娘のぽつぽつとした話を聞きながら、香子の頭が動き出した。

結婚年齢が遅くなったと言われる今日でも、いや、今日だからこそ、まともなお相手は二十代のうちにいなくなってしまう。

ジャガイモは、あか抜けていないし、話していても頭の回転の速さも感じなかったが、だからこそ、他の女に盗《と》られたり浮気したりすることもないだろうと、自分を納得させていた。誠実でなかったら、その価値は半減だ。両親にも会わせます、婚約もします、と言うから、結婚前の同棲《どうせい》を認めた。

一度会った、ジャガイモの親は息子を溺愛《できあい》しているらしく、くどくどと彼の自慢話をしていた。人前で身内を褒めるなんて品のないことと思っていた香子たちは微笑《ほほえ》みながら我慢して聞いた。

それもこれも、ジャガイモが一流の国立大卒で、K商事の社員で、誠実そうな人柄だから許したのに、結婚前にこんなことになるとは。

しかし、咲苗が二十六歳であるのも、また事実なのだ。きっと、この失恋の傷をいやすのに半年、いや一年ぐらいはかかるだろう。それから新しい相手と恋して婚約し、結婚式場の予約をして……二十代のうちに結婚できるだろうか。

しかも、咲苗は婚約までした相手と破談するわけだ。社内での咲苗は婚約者を寝取られた哀れな女だ。破談の理由が西原の浮気だとしても、社内での咲苗は婚約者を寝取られた哀れな女だ。もう、社内恋愛は無理かもしれない。いや、それどころか、会社にとどまることもつらくなるかもしれない。

けれど、浮気をした男でも、商社勤務であることは変わりないのだ。それは、建築家と結婚した香子には決して手に入れられなかったもの。

「そういえば、式場の下見はどうだったの？」

「ああ、良かったわよ。食事がとてもいいの」

急に話題を変えた香子に一瞬だけ怪訝《けげん》な表情を向けたが、娘は素直に話し出した。

銀座を回って、香子が家に戻ると、当然、部屋は暗かった。

一人だけでは面倒だから、と銀座のデパートで買ってきたお惣菜《そうざい》を食卓の上に置き、寝室で着替える。冷蔵庫にしまわないのはだらしないけど、すぐに食べるのだから冷やしてしまっては味が落ちる、と言い訳をしていた。

香子はいつもそうだ。心の中で弁解してしまう。相手は亡くなった母だ。もう二度と会えない人を常に意識している。

ワンピースをハンガーにかけ、ざっと汚れをチェックしてからクローゼットにかけた。バッグもほこりを落として、棚に置いた。

キッチンで冷凍のご飯を温め簡単に汁物を作って、惣菜を皿に盛って食卓に着く。一人ではわびしいので、ランチョンマットもしいた。

「どんな時でも、身ぎれいに、丁寧に暮らしなさい」

そう言ったのは、母だ。いい教えだったと思う。だから、香子はいつもきちんと暮らすことを心掛けていた。けれど、彼女の言葉には続きがあった。

「そうすれば、いい方と結婚できるのよ。お父さんみたいな」

それは言外に、「お父さんのような商社マンと」という意味を含んでいた。

母の実家も、父の実家も商社マンの一族だった。そのまた前の世代も、親戚《しんせき》も。商社マンが息子を商社に入れ、娘を商社勤務の男に嫁がせる。商社マンの父親と専業主婦の母親の家庭、そのくり返しでできた家系だった。まさに「商社にあらずんば人にあらず」だった。

母の言動のすべてがそこにつながっていた。料理を習うのはより良い結婚のため、勉強をするのはそこそこいい短大に行って商社に入り商社マンと結婚するため、スポーツをするのは体を健康に保ち良い子を産んでしっかり子育てするため。

しかし、香子はそれに背いた。四年制大学に入り、当時、小宮山の代講をしていた岸田と出会って、一目ぼれして結婚した。親の反対を押し切って。

香子は決して、親の教えを破ろうとしたわけではない。岸田と付き合うようになってからも、商社に就職もしたし、いやいやながらお見合いもした。ただ、どうしても、彼以上に好きになれる男がいなかったのだ。だから、結婚した。

咲苗の兄、長男の悠一《ゆういち》は商社に就職している。それを強要したことは一度もない。ただ、子供の頃から香子の母が「サラリーマンになるなら商社がいいわよ。安定しているし、海外にも行けるのよ」と息子にささやいているのは見て見ぬふりをしていた。

悠一は大学の経済学部に進学し、統計学を学んだあと、普通に就職活動した。別に商社を目指していたわけではない。受けた会社の中にそれがあり、内定を取れた。就職活動が厳しい中、息子がどこの会社に入ってもかまわないと思っていたが、心の奥底でほっとしたのを覚えているし、香子の両親は大喜びしていた。

夫は……彼も普通に喜んでいた。息子が大学に入った時から建築の道に進む可能性は皆無だとわかっていた。一度だけ、息子が高校生の時に、「悠一に建築家になって欲しくないの」と尋ねたことがあった。夫は無表情で「なんで」と答えた。

「だって、息子に跡を継いで欲しいものかと思って」

「継いで欲しいと願って、できる商売じゃない。あの子は絵が下手だし」

「そうね。確かに」

息子の、いつまでも子供のような絵を頭に浮かべて、思わず吹き出すと、夫の生真面目《きまじめ》な目にぶつかった。彼が子供のことで、そんな顔をしたのを見たのは初めてだった。

「それに、好きでないと務まらない仕事だ」

夫は一瞬で表情を和らげて言った。香子も慌《あわ》てて、言葉を添えた。

「あの子は普通のサラリーマンがいいわよね」

夫はわかってくれている、納得しているのだ、と安心しながら、心がちくりと痛んだのを覚えている。

その後、娘も、一般職として商社に入った。

二人に才能とやらがなく、夫がそれを受け入れているということは、よくわかっていた。

ぼんやりと箸《はし》を使っていると、やっぱり考えてしまうのは、今日の咲苗の話だった。

ジャガイモ西原が浮気した。

うちに来た時、彼は咲苗の隣でずっとにこにこしていた。純朴で真面目そうに見えたのに、本当に騙《だま》された。

咲苗と彼が大学生か何かだったらまだいい。けれど、二人はもう社会人で婚約、同棲までしている。

別れさせるべきなのだろうか。

一度浮気した男は必ずまたやる……学生時代の友人、波子《なみこ》がいつも言っている。彼女は見合いだが、ちょっとりりしい、相手の見た目を気に入ってすぐに結婚した。見合いでも恋愛結婚だ、というのが一時の口癖だった。しかし、一人目を妊娠していた結婚二年目に浮気され、以来何度もくり返されている。彼も五十を越え、そろそろ落ち着く年齢だわよと皆で慰めるが、その気配もなさそうだ。昔は社内の若い女に手を出していたが、最近は、場末のスナックのママを口説くのが趣味らしい。

波子は会う度に夫の新しい女のことを愚痴る。でも、決して離婚はしない。その口調の中に、彼女がまだ彼に惚《ほ》れきっていることを感じる。

それならそれで個人の勝手だが、あけすけな波子を、皆、どこかで軽蔑《けいべつ》していた。悪気のない人だというのはわかる。けれど、やはり夫婦の閨《ねや》の中のことまで語るのは品がないと思う。

咲苗にあんなふうになってほしくはない。

けれど。

娘はもう二十六で、二十代の間に商社の男と結婚する最後のチャンスかもしれない。

気がつくと、デパ地下の惣菜を食べきっていた。食器を洗って丁寧に布巾《ふきん》で拭《ふ》いて、食器棚にしまう。

片付け終わると居間のソファに座って、海外や日本の女性雑誌をぼんやりめくった。ヴァニティ・フェアや婦人画報。どのようなものが主婦の間で流行《はや》っているのか参考になる、と夫が喜ぶので時折買ってそろえておくのだ。香子はたいして好きでもない。ただこういう時、絶好の暇つぶしになる。

夫と出会ったのは、大学一年生の春だった。

香子は文学部の学生で、新設の一般教養の建築学の授業を取っていた。小宮山悟朗の名前は知っていても、決して、それで選んだわけではない。

香子は高校時代、理数系の方が得意だった。本当はそちらの方の学科に進みたかったが、母親が「女は文系の方がいいのではないかしら」と言ったので、英文科にした。短大に進むことを期待していた両親に頼み込んで、四年制のそれも共学のS大に進むことをやっと許されたのだから、学科ぐらいは妥協しないわけにはいかなかった。

さすがに一般教養までは口を出されなかったので、数学や心理学など、英語や文学とは関係のない科目を、心ひかれるままに、できるだけたくさん選んだ。その中の一つが建築学だった。

小宮山悟朗は最初の一コマだけは顔を出したものの、その後はずっと岸田が代講していた。彼は建築学科の助手だった。

その頃の小宮山の記憶はほとんどない。かなり個性的な授業をすると評判だったが、どうしても思い出せない。彼が来た最初の一週間は他の授業も皆、教授とは初対面だったから、その中に埋もれてしまっている。

だから、二度目から岸田が現れても、違和感がなかった。ただ、白いシャツがまぶしかった。

「先生、すてきね」

隣に座っていた、友人になったばかりの青木《あおき》静子《しずこ》にささやいた。その一言がのちのちまで自分の人生にかかわることになるとも知らずに。

それから、香子のお気に入りは「岸田先生」ということになって、いつまでも皆に記憶されることになった。友人の中には、同級生や学外のサークルで恋人を見つける人もいたが、卒業したら商社に入って、社内恋愛かお見合いで商社マンと結婚することが義務づけられていた香子にとって、そんなことは考えられなかった。助手に片思いしているぐらいがちょうど良かった。まったく恋愛がなければ、友達との会話にも事欠く。けれど、告白したり、付き合ったりということはありえなかった。岸田はずっと年上だったし、何より、先生だったから。

そんなほのかな気持ちが急に現実味を帯びてきたのが、前期の終わり、授業の最後に彼が香子を呼んだ時だった。

「石田《いしだ》香子さん、後で研究室に来てください」

指定された、小宮山研究室に行くとそこに小宮山はおらず（後に、彼は一週間に一度ほどしか来校していなかったことを知った）、一人で岸田が待っていた。

「あなたは小宮山先生の本を読んだことがありますか」

学生相手にも丁寧な言葉遣いだった。

「いいえ。ありません」

正直に答えると、彼は苦笑して、一冊の本を貸してくれた。

「これを読んでみて、感想を聞かせてください。おもしろかったら、また別の本をお貸しします」

研究室を出ると、友達が待っていて、悲鳴のような歓声を上げそうになったので、あわてて「しーっ」と人差し指を口に当てたのを昨日のことのように覚えている。

あれから何度も研究室に行った。いつも小宮山はいなくて、岸田が微苦笑しながら迎えてくれた。建築関係の本を何冊も貸してくれて、わからないことは彼が教えてくれた。

どうしてあの時、本を貸してくれたの？　と夫に尋ねたことがある。結婚する少し前のことだった。

「君の前期のレポートがとても良くできていたから、建築に興味のある学生なのかと思ったんだよ」

確かに香子は真面目に勉強し、レポートを書いていた。彼が好きだったから、それが自然にできたのだ。夫は香子が、「建築学を学びたいけど、女子だから不承不承文学部に進んだ学生」ではないかという幻想を抱いた。

偶然も手伝った、自然な成り行きだった。

本の感想を話し合ううちに一緒に図書館に行くようになり、近くの喫茶店で話し込むようになり、映画に誘われ……香子は四年生の時に岸田と内々に婚約した。

もちろん、両親は大反対だった。

しかし、裕福な農家の次男、一流大学を卒業した大学助手、柔らかな物腰。どこをとっても、明確に彼を拒否できるようなところはなかった。今でも確信しているが、両親は岸田という人間が好きだった。ただ一点、商社勤めでなく、この先もその可能性はない、ということをのぞいては。

だから、香子に条件を出した。「大学卒業後すぐに結婚するのではなく、一度は商社に勤めること」。

そこまで思い出して、香子は洋雑誌をぱたんと閉じて立ち上がった。

翌朝、香子はカーディガンにロングスカートというカジュアルな服装で家を出た。

歩く道々、通勤通学の人たちとすれ違う。ここ数年、平日の八時ごろには必ずここを歩く香子は、皆、顔見知りで、挨拶《あいさつ》するほどではないが目が合えば会釈《えしゃく》する。

家から数百メートル先に、「小宮山デザイン事務所」があった。

小宮山悟朗は晩年まで、自分が設計した赤坂のメタボマンション、通称おっぱいマンションに住んでいたが、香子たちは事務所のすぐ近くに居を構えさせられた。それは夫が望んだことでもあるし、小宮山が命じたことでもあった。

結婚前、婚約中に小宮山家へ招かれたことがある。おっぱいマンションは、大きな細胞が積み上げられているような造形だった。小宮山が住んでいる最上階だけが円錐《えんすい》形《けい》に飛び出したような部屋になっていて、確かに「おっぱい」のように見えた。香子からしたら、ただただ、奇怪な建物に過ぎず、あんなところに住みたい人の気持ちがわからなかった。真の変人はこんなものを作れるのか、と驚きあきれた。

香子たちが結婚して息子が生まれたすぐ後に、小宮山から「君の家としてふさわしい土地がある」と言われて紹介されたのが今も住んでいる世田谷の五十坪の場所だった。

「いい土地を見つけてあげたから、好きなように家を建てるといい」

まるでプレゼントするかのように彼は言ったが、家も土地も香子たちがローンを組んで苦労して建てた。

職場からすぐ近く、という立地が良いのか悪いのか、当時の香子にはわからなかった。ただ、小宮山が勝手に選んだ土地ということ、それに唯々《いい》諾々《だくだく》と応じる夫に腹が立って、ずいぶんもめた。結婚して最初のケンカがそのことだった。

香子はそのいさかいを自分の両親に話さなかった。というか話せなかった。結婚を心からは喜んでいなかった彼らに、恥ずかしくてそんなことは言えなかった。

夫が設計し、小宮山が監修した。監修と言ってもただ、ちょっとチェックしただけだと思うが（ほとんど夫が設計したままだったから）、彼はしっかりと百万円、監修料を取った。それでも、格安らしかった。

二階まで吹き抜けになった玄関や、居間から庭が見えるように大きく取られた窓は誰にでも褒められるし、香子も好きだ。でも住み始めた時にはただ「小宮山が決めた家」ということが引っかかって、素直に喜べなかった。

家はすぐに建築雑誌に取り上げられ、何度か誌面を飾った。当時の建築家としては当たり前のことのようだったが、それもまた香子にはなじめなかった。香子たちの家はショールームのようなもので、そのおかげでたくさんの一般住宅の注文が事務所に入ったし、夫の名前も多少は世間に知られることになった。

小宮山デザイン事務所に着くと、香子は鍵《かぎ》を開けて中に入り、玄関近くのロッカーから掃除用具とエプロンを出して、また外に出た。

事務所は鉄筋コンクリートでできた、要塞《ようさい》のような建物だった。それを背の高い常緑樹の生け垣がぐるりと取り囲んでいて、森の中に埋もれた家のように見える。景観はいいが、常緑樹といえど、木から葉や木くずが落ちて、道路が汚れる。

夫が社長に就任してから、香子は毎朝、ここの掃除をしている。それまでは事務所の下《した》っ端《ぱ》が片手間にしていたらしい。設計事務所の朝は遅く、社員が出勤してくるのは早くても十時過ぎだから、その前に掃除をすませることにしていた。

ここの掃除をする時間は香子が唯一《ゆいいつ》、確認できる時間だった。自分が社長の妻だと。

まずは事務所の前と両隣の道路をはく。毎日しているからそう汚れてはいない。それから、玄関前も同じようにほうきではいてゴミを拾って、飾っている観葉植物の世話をした。

「おはようございます」

後ろから話しかけられて振り返ると、地味ななりをした男が立っていた。彼の顔を見たとたん、これは面倒なことになってしまった、と香子は思った。それでも、顔に出さず、当たり障《さわ》りなく丁寧にお辞儀した。

「いつもお世話になっています」

「今朝、社長は？」

「あいにく、出張に行っておりまして、しばらく戻りません」

毅然《きぜん》と、でも、夫がいなくてよかったという安堵感《あんどかん》を出さないように言ったつもりだった。

彼、市瀬はクレーマーのような存在だと夫から聞いていた。事務所に来た時に姿を見かけたことはあったが、こうして一対一で顔を合わせたのは初めてだった。

「申し訳ありません」

もう一度、頭を深く下げた。相手が何も答えないので、香子が頭を上げると、彼は無表情でこちらを見ていた。

「あの」

「いつになったら来ますか」

「出張中ですから……」

だいたい、小宮山デザインは、午前中はほとんど稼働《かどう》していない。それも調べずに、こうして朝早くやってくる男に香子はどこか哀れみさえも覚えていた。

「中で話せますか」

「いえ、今は誰もおりませんので」

「あなたがいる」

「私は掃除のものですから」

「なんだ、お掃除のおばさんですか」

なんだ、と言われたことに、どこか侮蔑されたような気がして、思わず、「岸田の妻でございます」と言ってしまった。

「ああ、奥さんですか」

市瀬の態度は少し改まり、でも逆に、わずかになれなれしさもにじんだ気がした。

「旦那《だんな》さんとは何度もお会いしているんですよ」

「さようですか」

「毎朝、お掃除をしているんですか」

「ええ」

「それは見上げた心がけだ」

ほめられているのか、ただ上からものを言われているのか、よくわからなかった。

「とにかく、本日はお帰りください」

「中で待たせてもらっていいですか。社長さんが来なくても、他の方がいるでしょう」

「いえ、ですから、午後にならないと誰も来ませんし、それも留守番のもので、ちゃんとした話はできませんから」

市瀬はじっと香子の顔を見た。気味が悪いぐらい、長く。彼のどんぐりのような目がこちらに向けられていて怖かったが、目をそらさずに見返してやった。

わかりました、今日は失礼しましょう。しばらくして、市瀬はやっと帰って行った。

――ママ、昨日はありがとう。また、行こうね。

家に戻ると、携帯に咲苗からのメールが届いていた。香子は急いで返事を書いた。

――こちらこそ、いいお店を教えてもらって、ありがとう。西原さんとのことはちゃんと二人で話し合いなさいね。

返事の返事は来なかった。

手を洗って、室内着に着替えた。今日も夫は帰ってこない。昼ご飯を食べに行きがてら、上野の美術館にルネッサンス展でも観に行こうか、それとも歌舞伎《かぶき》にでも行こうか、と考える。今月は確か、玉三郎が藤娘《ふじむすめ》を踊るはずだ。平日、一人なら当日席もあるだろう。それとも、家の納戸《なんど》でも片づけようか。咲苗が家を出て行った後、捨てられないものを入れてある。あれを見直して、整理しようか。

しかし、咲苗はこれからどうするつもりだろうとやはり考えてしまう。メールでは元気そうだったけど。親として、どうアドバイスをするべきなのか。

けれど、夫が浮気の兆候を見せたこともない自分には、なんと言っていいかわからない。

結婚前、夫と小宮山みどりには噂《うわさ》があった。

そのことについては、彼がちゃんと説明してくれた。

小宮山悟朗がみどりとの結婚を望んだそうだ。夫は迷いながらも、事務所に残るためならば、と応じる返事をした。しかし、みどりは親の決めた相手を嫌って断り、その後、パリに飛んだ。

夫の言葉に偽りはなさそうだった。うそをつくなら、結婚を一度は受け入れたことは言わなくてもいいはずだから。ただ、気持ちがなかったかどうかはよくわからない。夫もそこのところは何も言わないし、香子も聞かない。

香子は夫の態度に宿るみどりへの気持ちをずっと感じている。彼女の名前を口にする時の、柔らかな微笑み。問題を起こした時の苦笑……絶え間ない尊敬、でも、どこか、庇護しなければならない存在であること。それは、小宮山悟朗に対するものでもある。

彼のそんな表情を見る度に、結婚はお互いがなんの過去も知らない男女でするべきだ、と思ってきた。浮気や恋でさえない、こんなことでも、気になるのだから、相手の過去や恋愛など知らない間柄の方がいいと。

ああ、と香子は自然に声を上げる。

咲苗にもそれを伝えた方がいいのだろうか。

「ママ、今夜、ご飯、食べに行っていい？」

咲苗から電話があったのは、翌日の夕方のことだった。

「いいわよ、たいしたものはないけど」

香子は答えながら、冷凍庫に頂きもののスモークサーモンと、牛ヒレ肉があることを頭の中で考えていた。

「なんでもいいの。肉じゃがでもお浸しでも」

そう言われて、普通の和食の方がいいのかと思い直した。

買い置きしてある、ジャガイモとニンジンを使って、リクエストの肉じゃがを作り、別にサラダとお吸い物を用意して待っていた。肉も魚もほとんどなく、息子だったらこうはいかないが、娘からはヘルシーだと喜ばれる。

玄関のチャイムが鳴って、ドアを開けると、咲苗が「ただい……こんばんは」と言いながら入ってきた。

家を出て行ってからいつもそうだ。こんな時、なんと挨拶していいのか戸惑うようで、彼女はぎこちない笑みを浮かべる。

そのためだろうか。少し、疲れているように見えた。

「肉じゃが、できているわよ」

「ありがとう」

来客用ではない、彼女が家にいる時に使っていたモロッコ革の室内履きを香子は足元にそろえた。

「お仕事疲れたでしょう。まずは着替えたら？」

これもまた、彼女が家で使っていて、でもあまりに着古したから、と引っ越した時には持って行かなかった、ピンク色のジャージを手渡してやる。

「もう、ママ、私の奥さんみたい」

「だって、ご飯でスーツ、汚したくないでしょ」

咲苗は苦笑しながら、でも、素直に上だけ着替えた。

甘やかしていいのだ。娘が結婚したら、もうこうして世話を焼いてあげられるのは、母親しかいなくなるのだから。そして彼女が、結婚した相手や子供にも、ちゃんと身の回りのことができる奥さんであってほしい。

「席に座っていて。もうできているから」

やはり疲れているのか、食事が始まってからも、咲苗は黙って箸を使っていた。

「この肉じゃがいいわね、味がよくしみてる。私、肉じゃが、うまく作れない。なんだか、水っぽくなったり、煮すぎてお芋がぐちゃぐちゃに煮崩れたり」

しばらくして、気を取り直したように尋ねた。

「簡単にできる方法を新聞で見つけたの。あとで切り抜きを見せてあげる。圧力鍋《あつりょくなべ》で、調味料の他は水は入れないのよ。それから必ず、メークインを使うこと」

「へえ。そうするとこうなるのか」

ぽつぽつと静かに話していると、咲苗の額のあたりの力が抜けてきた。

「……今日、西原さんは大丈夫なの？」

香子が尋ねると、咲苗はちょっと言いあぐねてから口を開いた。

「……まだ、会ってるみたいなの」

「え？」

「あの人、今でもまだ、あの女と会ってるみたいなの」

香子は絶句した。

咲苗の話によると、二人で話し合った後も彼の態度は変わらず、昨日は朝帰りだった。商社マンの接待は仕事の一部だし、午前様なのもめずらしくないが、彼女は何か胸騒ぎがして、出勤前のシャワーを浴びている彼のスマホを盗み見た。すると、関係を持った後の男女の熱いやりとりがメールに記されてあった。

「あなた、その時、どうしたの？」

慌てて、尋ねる。

「びっくりして……でも、逆にあんまりびっくりしたから、まだ何も言ってないの。彼も私もそのまま会社に行った」

「勘違い、ということはないの？」

「ありえない」

咲苗は冷めた瞳《ひとみ》で笑った。

「どうしたらいいのかしら……ねえ、ママ、どう思う？」

今度は香子が黙る番だった。

一度ぐらいなら、と心のどこかであのジャガイモ西原を許していた。なのにまた、こんな形で裏切られるとは。

浮気する男はダメだ。

何より、西原はダメだ。浮気が知れて、一度はもうしないと誓ったにも拘《かか》わらず、女に会っている。浮気とか、女好きとかいうことだけじゃない。人間として男としてダメだということだ。

それに、今後、西原と義理といえど、親子としてつき合えるだろうか。

もうやめてしまいなさい、と言ってしまいそうになって、香子は慌ててまた口をつぐむ。

本当にやめてしまったらどうなるのか。

結婚の話はなくなったと、香子はこれまで内々に報告していた親戚たちに連絡をし、それを伝えなくてはならない。

皆、なんと言うだろう。

「ねえママ」

「……あわてて、答えを出さなくてもいいんじゃないかしら。よく考えて」

気がつくと、自分の気持ちとは逆のことを言っていた。

「でも」

入籍と結婚式は八ヶ月後、初冬の予定だった。もう、ホテルを決めて、招待客には連絡しなければならない時期だ。親戚だけでなく親しい知人にも、報告をすませていた。つい、この間も香子の叔母から「やっと、商社の人との結婚が決まったのね。香子ちゃんもがんばったじゃない。楽しみにしているわ」と連絡があったばかりだ。

あの叔母は、香子が岸田との結婚が決まった時、親戚たちが集まったところで「商社以外の人とはおつきあいしたことがないからよくわからない」と大声で言った。その割に、自分の子供は、商社とは名ばかりの上場もしていない小さな会社に親戚のコネを使って入れている。三大商社に息子と娘を就職させた香子のことをうらやましがっている。

こんなことを考えてしまうのは、香子自身も含めて、親戚というものが見栄《みえ》を張ったり、自慢をしたりすることによってなりたっている関係だからだ。

本当に、最低の関係。だけど、現実。

いや、人の悪口ばかり言っている親戚はまだいい。

何より、一番喜んでくれた自分の父親がどれだけがっかりするだろう。破談になったと聞いたら。

そして、二十の時に、短大卒業と同時に商社マンの父と結婚した、今は亡き母。結婚後すぐ香子たちを産み、育ててきた。自分の親も商社マンで、それ以外の世界を知らないあの人。

天国にいるあの人にもなんと言えばいいのか。

「人には添うてみよ、と言うでしょ。結婚したら、西原さんもいい夫になってくれるかもしれない」

唖然《あぜん》として目を見開いている娘に、香子はそう言い放っていた。

翌日、重い頭を抱えながら、香子は早朝の掃除に出た。

なんだか寒気がするし、頭も痛い。一日ぐらい、行かなくてもいいかもしれない。けれど、朝の掃除は、夫が社長に就任してから、旅行中など物理的に無理な時と休日を除いて、一度も欠かしたことがない、大切な日課だ。何より、こんなことでやめてしまったら、昨夜の娘との会話に影響されたことになる。それは何かを認めてしまったみたいで、たまらなく嫌だった。

娘が帰った後、ベッドに入ってから何度寝返りを打ったかしれない。まったく眠れなかった。

思わず、「人には添うてみよ、と言うでしょ」と言ってしまった時の咲苗の表情が忘れられない。咲苗は食事を終えると、そそくさと帰って行った。

もしかしたら、香子は娘の信頼を失ってしまったのかもしれない、と思う。けれど、それを質《ただ》すために電話やメールをする気にもならなかった。

「本当に自分がしたいようにしなさい、咲苗がいいように。ママは何よりあなたの幸せを祈っているのよ」

そう言ってあげるべきなのかもしれない。だけど、それもまた、香子の本当の気持ちとは違うような気がする。そう言ってしまったら、今は少し気が済むかもしれないが、後々、後悔するような気がするのだ。やっぱり、商社の男と結婚させた方が良かった、と。だいたい、未来のことなんてわからない。どちらが将来の彼女の幸せにつながるのか、誰にも予想できない。何より、破談になれば、一番傷つくのは咲苗自身なのだ。

そうだ、そのダメージを受けるのは咲苗自身。だから、私は慎重になっている。親戚や知人に恥をかくなんてことじゃなくて。

これまでずっともやもやした気持ちを抱えていたのは、娘の幸せよりも、どこかで世間体を気にしている自分に気がついていたからだろう。

そこまで考えて、香子はふっと気が楽になった。

しかし答えは出なかった。それでも事務所に着いて外の道路をはきだすと、ほんの少し、頭の中がすっきりしてきた。香子は掃除が好きだし、体を動かすことが一番の悩みの解決方法だと思っていた。

だから、後ろから呼びかけられた時、なんの疑いもなく返事してしまった。

「奥さん」

「はい」

そこにいたのは一昨日も来た、市瀬だった。

市瀬はさらにいっそう、暗い顔をしていた。しまった、と思った。

「奥さん、あの」

「すみません、この間も申し上げましたが、主人は出張でしばらく戻りません。それに、いずれにしても午前中は事務所のものは誰もいませんから」

「……そうでしたっけ」

市瀬は首を傾《かし》げた。その顔を見て、香子はぞっとした。一昨日も同じことを言ったはずなのに、まるで覚えていないようだった。

「同じことを申し上げたはずですけど」

「ああ、そうでしたね」

「午前中は誰もいないので」

「でも、もしかしたら、いらっしゃるかもしれないと思ったので。何度も来ることで、私の気持ちをわかってもらいたいし」

香子の言葉を理解していない、覚えていないというより、ただ、思い込みの強さでここにいるようだった。

「とにかく、お引き取りください。または午後、いらっしゃってください。夫はおりませんが、事務所のものがお話をうかがいますから」

「そうですか」

市瀬はそれでも立ち去らなかった。香子は彼に軽く会釈して、掃除を続けた。自分が道をはく様子を、市瀬が後ろからじっと見ているのを感じていた。さっさと仕事を済ませて、また、彼に小さく一礼して、事務所に入ろうとした。

「奥さん」

「なんでしょうか。ですから」

「私も、小宮山悟朗を知っています」

私「も」？　香子はドアを閉めようとしていた手を止めた。知っている、という言葉の調子に、なんだか妙に興味をひかれた。

小宮山悟朗を知っている。

それはまた、香子も同じだった。小宮山悟朗を知っている。

「私と小宮山悟朗は……」

「……お入りください」

「え」

「お茶を入れますから、どうぞお入りください」

事務所に入ったとたん、きょろきょろ中を見回した目つきも、くたびれた背広も、茶碗《ちゃわん》をわしづかみにするしぐさも、皆、香子は気に入らなかった。

自分がこの男を事務所に入れ、応接室で向かい合って座っていることが信じられない。

けれど実際、二人は向かい合っている。

テーブルは小宮山が生前、ここのためにデザインしたガラス製のもので、その後、大手の家具メーカーから、大量生産されて売り出された。椅子《いす》はすべてコルビュジエだ。

それらを市瀬は無遠慮に見ていた。

「どのようなお話でしょうか。夫が戻りましたら、伝えますから」

少しイライラしている口ぶりで、香子は言った。本当はそうでもなかったのだが、そうしないとこの男を室内に招いてしまった自分に言い訳できなかった。

市瀬はゆっくりと口を開いた。

彼が高校時代に小宮山をテレビで知ったこと、彼の本を読んで東京に出て来ようと思ったこと、努力の末にS大に入り彼の公開授業を受けたこと、そこでひょんな縁から彼の家であるおっぱいマンションに招かれたこと……。

彼が自分と同じS大出身ということを知っても、香子はそれを言わなかった。ただ、彼の言うことは身に染《し》みてわかった。

とつとつと話す様子は、これまでのエキセントリックだったり、ストーカーめいていたりする行動とは異なり、ごく普通の、どこにでもいる、真面目な年金生活者に見えた。

「あの、赤坂のメタボマンションで、子供の頃の小宮山みどりさんとも会いました。まだ、小さな女の子でしたが、世故にたけた、大人のような言葉遣いをしていたのを覚えています」

「まあ、そうですか」

「先生とお近づきになれたので、私は当然、小宮山研究室に入れると思ったのです。

でも、結果は不合格で、私は次の年に別の学科に移りました」

香子は痛ましい気持ちでうなずいた。小宮山悟朗には確かに、底知れぬところがあった。それに翻弄《ほんろう》された人の気持ちは理解できる。ましてや当時の市瀬は多感な大学生だったのだ。彼に裏切られて、人生を狂わされたのは気の毒だった。

「確かに自分は大学時代、小宮山先生に振り回されたような気がします。でも、もう、それはいいのです」

「え」

「それはそれでいいのです。私は高校教師になりました。また、結婚して娘二人にも恵まれ、北関東の片田舎で幸せな人生を送りました」

香子は市瀬の話の流れの予想がつかなくて、ぼんやりと彼の顔を見るしかなかった。ただ、なんとなく、不安になった。

彼はとんでもないことを言い出すのではないだろうか。

「妻が都会に引っ越したいと言い出したのです。まあ、その過程は話せば長くなるので省略させてください。ただ歳《とし》を取って、子供の頃住んでいた東京に戻りたいと思ったようでした。そこで、私たちはあのおっぱいマンション、赤坂のニューテラスメタボマンションが売りに出されていることを知りました」

そこからは、香子も夫から聞かされていた話だった。メタボマンションの老朽化がここまでとは知らずに買ってしまったこと、あのさいころの形をきれいに出すために雨どいを省いたため、雨水などが直接建物にしみこんでしまうこと。そして、彼が中心となって管理組合に建て替えを提案し、小宮山みどりもそれを受け入れたこと。

香子たちが知りたいのはその先なのだ。そこまで順調に進んできた彼が、どうして、この事務所にまとわりつくようになったのか。

「あの……私は正直、建築のことはよくわかりません。ですから、私がここでお話ししたことは、例えば、この事務所の総意であるとか、公式見解であるとか思っていただいては困るのです。本当に私はただの主婦なので」

香子が慎重に、心配していることを言うと、市瀬は力強くうなずいた。

「もちろん、奥さん、もちろん、わかっていますよ。でも、こうして話を聞いていただいて、嬉しいのです」

香子は少しほっとした。そして、この市瀬が元は高校教師であることに思い至った。

けれど、今、彼には仕事がない。定年を迎え、引っ越しをして、あらゆるものを失ってしまった。その虚《むな》しさを解消するため、住民運動を始めたのだろうか。けれど、また、迷っている。

その理由はなんなのか。

「私はむずかしいことはわかりません。ただ、素朴に疑問なのです。市瀬さんはどうされたいのでしょうか。あのマンションを建て替えたいのですよね。それとも建て替えたくないのですか。何かご不満があるのでしょうか」

市瀬は黙って考えていた。何か言葉を探しているようで、口を閉じたり開いたりした。

「……わかりません」

絞り出すように出た言葉が、それだった。

「すみません、私にもわからないのです」

そして、彼は下を向いてしまった。

「ただ、私は」

「なんですか」

市瀬は顔を上げた。けれど、香子の方は見ず、目を遠くに泳がせた。

「あのマンションを買い、欠陥がわかった後、運動を始めて、ようやく……向き合えると思ったのかもしれません」

「向き合える」

「あの、小宮山悟朗に。それから小宮山みどりに。やっとこれで二人に対峙《たいじ》できる、話し合えると思ったのです。でも、実際には、話し合いの機会もないのです」

わかります、と香子は小さくつぶやいた。

しかも、最近では日本の近代建築群の一つとして、その文化的価値から、保存活動まで起こっている、と彼は説明した。

市瀬の疲れた顔を見ていると、じわじわ苦い思いがわき上がってきた。

あの二人と、誰も対等になんて向き合えないのだ。

彼らは小宮山という名前、才能という武器を身にまとって、いつも誰かに守られている。

管理会社に、弁護士に、小宮山デザインに、私の夫に。

あの人たちはただ才能を垂れ流すだけで、皆、すべてを許してしまう。その前に凡人はただ、立ち尽くすしかない。

だから、娘も息子も、別の世界に進ませたのかもしれない。別に商社がいいなんて、心から思っているわけではなかったのだ。ただ、この世界に居たら、小宮山の軍門に降るしかない。

そんな人生を送らせたくなかった。でも、露骨に「建築家になってはだめ」とは言えなかった。さすがに夫が気の毒すぎる。だから、香子の実家をだしにして、商社に入れた。

「妻も娘も、また口を利《き》いてくれなくなりました」

市瀬の言葉で、はっとして顔を上げた。

「お嬢さん？」

「早く、建て替えの話を進めろと毎日迫るのです。新しい、きれいなマンションに住めるのに、どうしてそれをしないのか、と」

彼は苦笑いをして見せたが、そこには苦悩が現れていた。

「あいつらはただ、赤坂の新しいマンションが欲しいだけなんです。そこに住んで、会社に通いたいだけだ。何の夢もなく、将来のビジョンもない。将来は、ただ、適当な男と結婚して、都内のマンションに住んで子供を作りたい……」

それで、いいのではないですか。それが一番……。

そう言おうとして、口をつぐむ。

市瀬の言葉と対極にあるのが、みどりなのではないか。父親に反抗しながらも才能とやらを持って、彼の仕事と同等、それ以上のことをやってのける。

香子は娘の幸せをただ願っているつもりだった。けれど、自分や母親のエゴを押し付けているだけだ。そして、夫は、本当のところ、娘に何を願っているのだろう。胸が苦しくなる。

私たちはなぜこうも、小宮山悟朗にとらわれ、彼に服従しなければならないのか。私の人生はもう修正できないし、二度と後戻りできない。

だから、ただ、子供に少しでも失敗のない道を選んでやるくらいしかできることがなく、無様な姿をさらしてあがき続けている。

子供の頃、咲苗はよく絵を描いた。くり返し、くり返し、建物の絵を描いた。

「咲苗ちゃん、お花の絵を描きましょうね。女の子やお人形の絵も」

香子はさりげなく違う絵を描かせて、建物の絵は捨ててしまった。夫の目につかないように。

「壊しましょう」

「え」

「あのマンションを壊しましょう」

建て替えの条件も材料もそろっている。小宮山悟朗はもういない。たとえ、墓の中であがき続けたとしても、生きている人間にはかなわないのだ。あんなものを後世に残すわけにいかない。

「あれをなくさないと、だめなんですわ」

市瀬は急な話の展開に驚いている。この男を上手に使おう。

「市瀬さんも私たちも、あれを壊さないと」

子供に言い聞かせるように、同じ言葉を何度も使った。

「壊して、新しいものを作ればいいんですよ」

私たちは生きている。たとえ、それが、小宮山たちにはつまらない人生に見えたとしても。私たちは生きていて、おっぱいマンションを壊すことができるのだ。

元女優

散歩帰りにマンションの前で記者の質問を受けた後、奥村宗子《むねこ》は自分の部屋に戻ってきた。

「マッキーちゃん、あんよ拭《ふ》きましょうね」

トイプードルのマッキーにはついつい幼児言葉で話しかけてしまう。こんな姿を見たら、パッパはなんて言うか、と宗子は肩をすくめる。

「きっと、君らしくもないってあきれるか、驚くでしょうね、パッパは」

いつも玄関のところに用意している、マッキー用のタオルで丁寧に足をぬぐった。それが嫌いなマッキーはばたばたと暴れて、終わると同時に部屋の中に駆けだしていった。温かく柔らかな何かが自分の手の中から離れていく感覚に、宗子はしばし放心した。

そうそう、記者のこと、ちゃんと書いておかないと。

小さく声に出して、宗子は玄関口で立ち上がる。よっこらしょ、とこちらは大きな声が出た。

毎年、必ず買う手帳に「○月○日　記者取材、おっぱいマンションの管理組合について聞かれる」と書いた。先月にも「○月○日　市瀬さんと立ち話、マンションを文化財として保存することについて」と記してある。

これで、ほとんど白紙だった手帳が埋まって、宗子はちょっと充実した気持ちになる。

パッパがいたころなら、すぐにでも話して、なんでも相談しただろうに……パッパがここにいないのが残念だ、と思った。

実際、さっき話した記者にもそう答えたのだった。

「ここを何年に買ったかって？　あれはパッパと結婚した時でしたから、もう四十年以上になるかしら」

「では、四十年も住んでいらっしゃるんですね」

「ええ、こちらが建って五年ほど経《た》った頃でしたからね。当時、ここは人気で、すべて売り切れ、空きはなかったんです。あたしがどうしても住みたいと言ったので、パッパはいろんな不動産屋と交渉して、やっと日本駐在のアメリカ人が本国に帰るため

に売り出している部屋を見つけたんですよ。新築よりずっと高い値段になっていたそ
うです。バブルの前だったけど、不動産価格がどんどん上がっている時代でしたから。
うちはその頃から住んでおりますので」
わかりますでしょ？　と同意を得たくて記者の顔を見たのに、彼には通じないらし
い、はあ、と気のない返事でうなずく。同じマンションに住んでいても、最近、値段
が安くなったから買った人間とここが超高級マンションだった時からの人間を同じに
しないでほしいということを伝えたかったのに。
「それはそれは華やかな時代でした。小宮山先生のおうちでよくパーティが開かれて。
マンションの中でも、先生と親しい人しか呼ばれないんですけど」
「小宮山さんとはお知り合いだったんですか？」
記者の目が大きく見開かれた。宗子はとても得意になると同時に、そんなことも知
らないであたしに声をかけたのか、と不満にも思った。
「ええ。パッパは小宮山先生とは昔から仲良しでしたから。お仕事もお願いしていた
の。パッパは小宮山先生にマンションも建ててもらったのよ、三軒茶屋にね」
「すみません、パッパというのはなんですか」
「パッパは私の夫よ。もちろん」

宗子は朗らかに笑った。

「ああ、失礼しました。当時、小宮山さんはこのマンションについてどうおっしゃっていましたか」

パッパと小宮山が出会った経緯を話そうと思ったのに、記者は勝手に話をずらし、宗子はちょっとむっとする。

「どうって……もちろん、大切に、誇りにしていらっしゃいましたよ。当時、最先端のデザインでしたから」

マンションをじっと見ている彼の像が脳裏に浮かんで……消えた。

「ここの老朽化については、生前、小宮山さんも承知しておられたのでしょう？」

「気づいたと言っても……最初はそう大きな瑕疵《かし》だとは思っていなかったのよ、皆」

まるで、小宮山の身内のように宗子は口ごもってしまった。

「かし？」

「傷よ、欠陥ということ」

「ああ、そのかしですか」

彼がその言葉をひらがなでメモしているのが見えた。

記者とか言って、その程度の漢字も知らないのかしら、宗子は心の中で彼をバカにした。

「そろそろいいかしら」

「え」

「マッキーちゃんが家に戻りたいって言ってるから」

記者が足下を見下ろしたが、犬はおとなしく座ってこちらを見ていた。こういう時には、しつけのできたマッキーがうらめしい。宗子はあわてて抱き上げる。

「もう、ご飯の時間だから」

「そうですか、ありがとうございました。すみませんが、旦那様《だんな》に会わせていただくことはできないでしょうか。できたら、もっと詳しいお話をうかがいたいのですが
……」

「無理よ」

宗子は、自分で、自分はさびしく笑っているだろう、と確信できる表情を作った。

「パッパは死んじゃったの」

あ、と声をなくした記者の脇《わき》をすり抜けるように通って、マンションの中に入った。失礼いたしましたあ、と言う声が背中に聞こえた。彼の目に、自分の背中はどう映っただろう。美しくも凜々《りり》しい後ろ姿だったに違いない。

去り際《ぎわ》までばっちりだと自画自賛した。

宗子が住む、「ニューテラス・メタボマンション」に建て替えの話が持ち上がってから、半年ほど経つ。

四十五年ほど前に、新進気鋭の小宮山悟朗がこのマンションを建てた時、日本国内だけでなく、海外でも話題となった。

しかし、ここのところ、その内情は、デザインほど評価されるものではなくなっていた。

さいころ型を美しく造形するため、雨どいをあえてつけなかったために、雨の日には壁に水がしみ込んですぐにカビだらけになったし、円い窓から大量の水漏れがあった。また、耐震的にも現在の基準ではとても安全とは言えなかった。

これまでは宗子たちも、雨漏りがするだの、カビだらけだのと文句を言いながらもなんとかそこに住み続けていたのだが、元理科教師の市瀬が引っ越してきてから、事態は一変した。

彼は管理組合にこのマンションの建て替えを申し立てたのである。

彼の提案は、現在の倍の戸数の新築マンションを建て、元の住民には今と同等の広さの部屋を無償で提供する、その費用は新しく増えた部屋を分譲することで賄《まかな》う、というものだった。

宗子たちにはにわかには信じられない夢のようなアイデアだった。ただで、新築のバリアフリータイプの部屋が手に入るなんて。何か、騙《だま》されているのではないか、と警戒する住民もいた。

有名建築家が設計した老朽化マンションの建て替え、というのは、なかなかニュースバリューのある話題らしく、何度か夕方のワイドショーで取り上げられたりもした。そして、最上階のペントハウスを所有する、故小宮山悟朗の娘、小宮山みどりが相場より安い金額で、権利をすべて放棄し、建て替えに反対しない意思を示したという話が伝わると、それはにわかに現実味を帯びてきた。

ところが、このところ、わずかに雲行きが変わってきた。近隣の住民の一部から、メタボマンションは歴史的価値のある建物だから残してほしい、という運動が起きたのだ。それに野党の都議会議員が反応して、ゆくゆくは、都の歴史的建造物として保存を検討したらどうか、という話が持ち上がった。二十世紀の歴史的建造物として世界遺産への登録も視野に入れられるのではないか、などと議会で発言したらしい。

冗談じゃない、と宗子は思う。自分の家だし、自分の建物だ。それをどうして他人にあれこれ言われなければならないのか。

その一方で、それほどの場所に住んでいる、ということに誇りも覚える。さすがに世界遺産はありえないと思ったが。

ほらね、パッパ、あたしが選んだマンションはやっぱり、すごいでしょう。そう奥村に言ってやれたらどれだけすっきりするだろう。


元女優には二種類の女がいる。

若い頃には何をなさっていたんですか、と尋ねられたときに、「女優でしたの」と朗らかにはっきりと答える女と、「いいえ、特に何も」と口ごもる女と。

宗子は明らかに前者の人間だ。

何を恥じることがあろうか。所属していた劇団こそ小さなものだったけれど、下北沢の小劇場ではなんども客演したし、一度だけとはいえ、国立劇場で主演女優の女中役をやったことだってあるのだから。さらに、当時の演劇雑誌に評論家から「わき役ながら大木《おおき》ねむの好演が光った」などと書かれたことも少なくはない。

宗子の「むね」を逆さまにして「ねむ」、それに名字を付けた、「大木ねむ」というのが宗子の芸名だった。舞台では、男を翻弄《ほんろう》する小悪魔的な役どころが多かった。決して目立った美人というわけではないのだが、白い肌や少し受け口のおかげでそういう役をもらうことが続いた。

高校卒業と同時に上京して、有名な劇団の研究生として二年通った。劇団員に昇格後半年ほど在籍したが、ほとんど役をもらえることもなく退団、誘われて小劇団に入った。

銀座の喫茶店と赤坂のクラブで働きながら、時々舞台に立った。パッパこと奥村滋《しげ》樹《き》に出会ったのは、その喫茶店だった。

当時、三十代半ばだった奥村は、喫茶店のママの恋人だった。三十を少し過ぎたぐらいのママもまた元女優の華やかな美人で、奥村とは彼が離婚する少し前から……つまりすでにその時、パッパはバツイチだったわけだが……の十年近い付き合いだった。奥村の最初の妻は、彼の両親が連れてきた年上の相手だった。愛のない結婚で、数年で別れてしまったらしい。

ママは優しく、朗らかであけすけな女だった。背が高くがたいのいい奥村がカシミヤのコートとマフラー、革の手袋を身につけて、同じくカシミヤのコートとエルメスのスカーフで飾ったママと銀座を歩くと、「芸能人か、どこかの社長夫妻だろうか」と人々が振り返るほど、お似合いの二人だった。

奥村は資産家の次男で、親が所有する数々の物件を管理する会社の役員をしていた。その喫茶店には他にも女優の卵のような女の子が働いていて、彼はどの子にもわけへだてなく、チケットを買ってくれたり、楽屋に花を贈ってくれたりした。はぶりも気前もいい客で、皆に好かれていた。

ある時、店のトイレットペーパーが切れて、宗子が買いに行かされた。今のように大通りにドラッグストアがあるような時代ではなく、銀座八丁目の、新橋に近い小さな薬局まで歩いていかなければならなかった。そこで四個入りのペーパーを二つ買って、銀座通りを小走りに歩いていると、後ろから奥村に呼び止められた。

「かわいい人がトイレットペーパーを持って走っている、と思ったら、ねむちゃんじゃないか」

宗子は顔を赤らめた。自宅の（当時、宗子は高円寺のアパートに住んでいた）近所ならいざしらず、銀座の、それも大通りを大量の便所紙を持って歩くというのは心底恥ずかしいことだったから。

「僕が持とう」

驚いたことに、奥村は気安く、宗子からペーパーを取り上げようとした。

「いいえ。大丈夫です。奥村さんに持たせたりしたらママに叱《しか》られます」

「女優にトイレットペーパーなんて持たせるわけにいかないよ。それこそ、ママに叱られてしまう」

鹿児島出身で、典型的な九州男子しか周囲にいなかった宗子は、トイレットペーパーどころか、荷物を持ってくれる男性なんて見たことがなかった。旅行に行く時でも、母親が大きな荷物を持って父の後ろを歩くのが当たり前の光景だった。

「ねむちゃんは才能があると思う」

奥村はあの時並んで歩きながら、そう褒めてくれた。

「今、他にどこで働いているの？」

「赤坂のクラブです。ママは元芸者さんなんだけど、舞台で働く若い人が好きで、店で働いているのは、皆、女優とかバレリーナとかなんです」

「それは良さそうな店だけど、ねむちゃんの才能をすり減らしそうで心配だよ」

「だけど、働かないと」

食べられないし、というのは、この裕福な男の前で口にするのは恥ずかしかった。

喫茶店が近づいて来た時、奥村は早口で言った。

「お芝居以外の仕事はもうやめなさい。君の才能を無駄遣いすることはない」

「でも」

「その分は僕が援助しよう」

え、と息を飲んだ。それはただ単に、パトロンが若い女優を応援しようということなのだろうか。それとも。

「私、宗子と言います、本名」

答える代わりに口をついて出たのは、そんな言葉だった。奥村には本名を知って欲しくなっていた。

「じゃあ、むーって呼ぼう。これから、二人っきりの時はむーこ」

その時のことは、後で二人で何度も話した。

奥村は前々から宗子を気に入っていて、トイレットペーパーを持っているのを見つけ、声をかけるチャンスは今しかない、と思ったそうだ。

「すぐそこに喫茶店が見えた時、あまりにも気がせいて、恥ずかしげもなく露骨に迫ってしまったなあ」

ベッドの中で宗子の髪を優しくなでながら、彼は笑った。

「それがよかったんじゃないの」

宗子は温かな彼の身体《からだ》に安心しきって、まるで中学生に及第点を与える女教師のように言ってやった。

「あんな気持ちになることは、二度とないだろうなあ」

彼は宗子の髪に顔をうずめ、熱いため息が頭皮をくすぐった。

「しかし、君の答えを聞いて、さすがにあの『曜子』を演《や》った人だとうなったよ」

それはその少し前に演じた役名で、一つのサークルが曜子という女に壊されていくという内容の作品だった。

宗子自身は、そんなの誰でもオノ・ヨーコを連想するだろうし、あまりにありきたりだ、とそう気に入ってはいなかった。それでも、曜子は大木ねむの真骨頂だと小劇場界隈《かいわい》ではちょっと評判になったのだった。

「宗子と呼んでって……すごい感動した。あんな告白の答えを聞いたことはない。ずきんと胸に響いたよ。やられた、と思った」

奥村は、舞台で悪女を演じながら、普段はおとなしい宗子に興味を持ったらしかった。そして、その答えで、宗子が現実でも小悪魔なのだと確信した。

呼んで、なんて言ったかしら？　宗子にはその記憶がなかった。何より、あの時は驚いて思わず何か言ってしまっただけで、真の自分は田舎もののおとなしい女だと思っていた。それでも、同じ話を二人きりの時にも、人前でも彼にくり返されているうちに自分が言ったような気になった。彼が大声で嬉《うれ》しそうに語っている時に、その横で微笑《ほほえ》んでいると、元女優の神秘性がさらに増すような気がした。

女に振り回されるのが好きだった、あの人は。そして、それを知りながら、さらに大きく包み込む自分が何より好きな男だった。それでも、奥村といる間、彼にそう崇《あが》められることで、宗子もまた、自分はそういう特別な女なのだと思う瞬間が重なっていった。

赤坂の店をやめ、銀座の喫茶店もやめ、女優もやめて結婚するまで、さまざまなことがあった。ママに奥村との仲がばれて、店の中で髪をわしづかみにされて引き回されるという、宗子の人生の中でも有数の修羅場も演じたし（結局、奥村家の弁護士が多額の金を払って処理したらしかった）、宗子を気に入らなかった、奥村の親たちに言われて、産婦人科で妊娠可能かどうか調べさせられたこともあった（異常はないという診断だったが子供はできなかった）。あんなに才能があると褒めてくれた奥村が家庭に入ることを望んだ時は大ゲンカもした。若かったから乗り越えられたのだろう。今だったら、とてももう一度同じことはできないと思う。

しかし、それほど強烈なできごとの中でも一番のハイライトは、このマンションでプロポーズされたことだ。

たまたま奥村と一緒に見ていた建築雑誌でおっぱいマンションを気に入って、「こんなところに住みたいわ」と口にした。すると彼が買って、婚約のプレゼントとして贈ってくれたのだった。

あの日のことは忘れない。

奥村家の運転手付きのセンチュリーに乗って、目隠しをされたまま、このマンションに連れてこられた。そして、目隠しを取ると、「結婚してください」とプロポーズされた。

すべてが夢のようだった。

奥村が次の女を見つけるまでは。

「あの、失礼します」

数日後、散歩からの帰り道、マンションの玄関をくぐったところで、管理人室の小窓が開いて、中から管理人の遠藤武郎《えんどうたけろう》が顔をのぞかせた。

「はい?」

遠藤の声はいつも小さい。しかも、恥ずかしげにうつむいているので、なんと言っているのか聞き取れないことが多かった。

宗子がここに住むようになってから四十年、管理人が代わったことはない。昔は青年だった彼も、すでにいい年の老人である。

入居時に年齢を聞いて、彼が少し年下だということを知った。しかし今、宗子と並んだら、自分の方がずっと若く見えるだろうと思っていた。それほど、遠藤は爺《じじ》むさく老《ふ》けた。

「なんでしょう」

「どうぞ、こちらへ」

込みいった話らしい。遠藤は伏し目がちに、しかし、有無を言わさぬ調子で、管理人室の中に入るように指示した。

こんなことは初めてだった。まったく用件がわからない。

「むさ苦しいところにすみません」

管理人室の真ん中にテーブルがあり、その上に袋入りの駄菓子のようなものとみかんが置いてあるのを見て、遠藤が自分を待っていたことを知った。

「最近、めっきり冷えますすね」

彼はぼそぼそと言った。

「ええ」

「でも、奥村さんは毎日欠かさずお散歩されて」

「犬のためですから。あの、ご用件は？」

彼はもじもじとテーブルの下で指先を動かした。これほど、もじもじするという言葉にぴったりな動作をしている人を見たことないわ、と宗子はおかしくなった。

「わたくし、来月、六十になります」

「まあ、そうですか。それはおめでとうございます」

六十になるじいさんの何がめでたいんだ、と思いながら、宗子は祝福した。

「六十になった月の末日が、我が社では定年退職の日となります」

「はあ」

「ですから、私も来月の末日を以《も》って、退職となります」

ニューテラスメタボマンションは、管理会社に管理業務を委託していた。遠藤はその社員で、来月退職となるわけだ、と宗子にも理解できた。けれど、どうしてそれを、なんでわざわざ管理人室で聞かされなければならないのか。

少し腹が立ってきた。

もしかして、この男は私がその情報を知りたがっているとでも思ったのか。

遠藤が昔から宗子に好意を持っていることは気づいていた。

若い頃からずっと親切だったし、宗子と話す時はいつも顔を赤らめていた。外で大きなものを買って来たときなど、何度、部屋まで運んでもらったかわからない。だから、宗子も奥村も彼をかわいがって、「遠藤君、遠藤君」と気安く呼び、一度など、古くなったオーディオセットを一式あげたこともあったのだ。

女は自分に向けられる好意の兆《きざ》しには敏感なものだし、宗子は特に、女優にしろ、夜や昼の接客業にしろ、それに聡《さと》く気がつかなければならない仕事についていた。

しかし、一方で、あまりにもたくさんの男からそういうまなざしを向けられるものだから、逆に疎《うと》くなっていることもあった。遠藤などはものの数にも入らず、自分が思っているよりも優しくしすぎたのかもしれない。

遠藤はよく働く管理人で、建物全体の掃除などは、これまた、委託している清掃会社が受け持っているものの、ちょっとした片づけなどは自ら進んでやってくれる。親切な彼に分不相応な対応をしてしまった。だから、彼は思い上がっているのではないか。自分が宗子に好意を持たれていると。

宗子は自然、つんと頭を高く上げた。

もしかして、彼はこれまで抱いていた、宗子への気持ちをここで告白するつもりなのではないか。そろそろ退職だから、それを打ち明けてくるとか。

バカにしないでほしい。たとえ、六十を過ぎていたとしても、女優大木ねむ、奥村滋樹の妻奥村宗子がこの程度の男を相手にするわけがないのに。

宗子はきっぱり断るつもりで、さらに姿勢を正した。

「あの、登記のことなのです」

しかし、彼が口にしたのは思いがけない言葉だった。

「え？」

とうき、という言葉の意味が一瞬わからなくて、あの記者のように聞き返してしまった。

陶器？　投棄？　いったい何を言っているのだろう。

「登記です。ここの……奥村さんの部屋の……不動産登記。部屋の所有権ですよ」

今度は、宗子の顔が赤くなる番だった。

「奥村さんの部屋の持ち主は現在も、奥村滋樹さんになりますよね？」

「あ」

「でしたら、本来は管理組合の会合などは奥村滋樹さんに出ていただかなくてはなりません。もしくは、奥村さんの委任状が必要です」

「だって、それは……たとえ所有権が違っても、私がパッパの代理人なんですよ」

「でしたら、それを一筆いただけませんと。正式に」

「なんですって」

「責めているわけではないのです。これまでは私の一存で、奥村さんの……奥様が出席していることを黙認してきました。でも、新しい管理人になれば、それはかなわなくなるかもしれません」

遠藤は上目遣いに彼女を見た。

「それを、なんとか、遠藤君の力で、なんとかなりません？」

宗子は昔の声がでている、と思った。パッパにここを買ってもらった時の甘えた声が。そして、自然、二十代の頃のように「遠藤君」と呼んでいた。

「いや、そういうわけには。規則ですので」

「これまでは規則があっても、遠藤君の一存でできたんでしょ？」

「会社の方から確認されたら、私が怒られます」

「だって勝手でしょう。これまではよかったのに、あなたが退職するからってだめなんて。私には関係ないことよ」

甘えでだめなら強く出るのも、宗子の常套《じょうとう》手段だった。

「このごろはそういうことに厳しい時代になりましてねえ。私もこれ以上、ごまかし切れなくなっていたところでした。たとえ退職のことがなくても」

「それは……」

「奥様に、宗子さんに口止めされていたから、これまで誰にもお話しせずにきましたが」

「だから、ずっと同じようにしてくれればいいのよ」

「そういうわけにはいきませんよ。だって、奥さん」

遠藤はごくりと唾《つば》を飲み込んだ。

「奥村滋樹さんはまだ生きていらっしゃるんでしょう？」

このニューテラスメタボマンション、通称おっぱいマンションをデザインした、小宮山悟朗という男と最初に会った頃、奥村滋樹とよく似ている、と宗子は思っていた。大柄で押し出しが立派で、周りを圧倒する存在感があり、声が大きくて皆に好かれ、何より、自分のこと以外ほとんど興味がないところが。

結婚して女優をやめた後、宗子はインテリアデザイナーになりたいと思っていた時期があった。自分のセンスには自信があったし、家の中の設《しつら》えはもちろんのこと、奥村の会社のインテリアもいつも取り仕切っていた。上野の専門学校の、インテリアデザインの短期講座に通ったり、プロのインテリアデザイナーの手伝いをしたこともあった。

それで、小宮山悟朗の部屋に行ってみたい、彼とお近づきになりたいと奥村にせがんだ。奥村はわざわざ実家が持っている土地に建てる低層マンションを小宮山デザインに発注して、宗子の願いを叶《かな》えた。そのマンションのデザインは「おっぱいマンション」ほど奇抜ではなかったが、デザイナーズマンションのはしりとして、現在も人気のある物件となっている。「あれは私のおかげだわ」と宗子は思い、奥村もそう認めていた。

それがきっかけで、奥村と宗子はこのマンションの小宮山のペントハウスにも招待されたし、何度か食事もした。

一度、小宮山が、家の近くの喫茶店で一人でいるところに行きあったことがあった。宗子もまた、銀座からの買い物の帰りで一人だった。

小宮山悟朗は角の大きな窓際の席に、一人でぽつんと座ってコーヒーを飲んでいた。そうしていると、いつも書生や学生、小宮山デザインの社員と一緒にいて、絶大なオーラを放っている男も、どこかひっそりと孤独に見えた。

「先生、小宮山先生」

呼びかけると、彼は顔を上げた。ふいをつかれたその表情は無防備で、邪気のないものだった。

「ええと？」

「あたしです。奥村宗子です」

「ああ。奥村さんの奥さんですか」

小宮山は我に返って、うなずきながらコーヒーを引き寄せ、それを一口飲んだ。飲みながら、自分の言葉に疑問があるように小首を傾《かし》げた。

「いやだ、忘れちゃいやですよ」

許しも請《こ》わずに、小宮山の前に座った。

鼻にしわを寄せて子猫のように笑い、肘《ひじ》をついて顎《あご》を置いた。あどけなく、誰にでもかわいいと言われる仕草だった。

宗子は小宮山のようなタイプには自信があった。銀座でも赤坂でも、こういう男のことはよく知っている。小宮山悟朗だからといって、緊張したり、かしこまったりする必要はない。最後には宗子に夢中になるのだから。いや、ここで彼を夢中にさせる必要はない。ただ、ちょっといい女だな、と思わせるくらいで十分だし、それなら、造作もないことだ。

予想通り、小宮山はにっこりと笑った。こんな笑顔は、家族でも見たことないだろうと思うような顔で。小宮山は笑うとしても、豪快に「わははは」と笑うタイプの人間で、それ以外にはにこりともしない。愛想笑いもない。その小宮山が、愛《いと》しいペットを見るような表情を浮かべている。

「銀座で買い物をしてきたんです」

ですます調だけれども、どこか馴《な》れ馴れしく言った。これまで、彼と話した時に、こんなふうに話をしたことはなかった。それでも宗子にはわかっていた。いつも周りにかしずかれている男には、適度にざっくばらんに口を利《き》いた方がいいのだ。無礼と親しみの、ぎりぎりの境界線をねらうのが効果的だ。

「ほお、何を買ったのかな」

「夏のワンピースと白のバッグ、白いイヤリングを」

宗子は紙袋の中から、丸い形の白いイヤリングを出して、耳に当てて見せた。ついでに細くなめらかな首筋も見えるように。

「白いイヤリングはさわやかでいいでしょう」

「なるほど」

小宮山はうなずいた。彼はまだ微笑みをたたえていて、目尻《めじり》にしわが寄っていた。宗子はそれに勇気をもらって、言葉を続けた。

「先生、私、インテリアデザインの勉強をしているんです」
「そうですか」
この間、おうちに伺った時お話ししましたよね」
そこからは、畳み掛けるように一気に話した。
ろそろ終わること。とても楽しかったこと。自分にはデザインの道が合っているのだ
ということ、これからもまだ勉強を続けたいこと。
小宮山は彼女の話に聞き入り、時々、うんうんとうなずいた。
「先生、私、もっと勉強したいの。いったいどうしたらいいのかしら」
いかにも悩んでいる小娘のように、下を向いて、身をよじり、ため息をついた。
わざとらしい演技だった。劇団の研究生だったら、小うるさい同期生たちから一斉
砲火をあびるような。けれど、宗子は知っていた。実生活では、そういうわざとらし
いくらいの演技の方が通用するのだ。特に異性に対しては。
今までの男ならば、ここで皆言ったはずだった。僕のところに来ればいいよ。僕の
ところで勉強すればいい。
高校を出て上京したばかりの時に相談した有名劇団の俳優も、その後に入った新進
気鋭の小劇団の座付き作家も、赤坂のクラブの店長も、そして、もちろん奥村滋樹も。

しかし、小宮山はそうは言わなかった。彼は何も言わなかった。

「ねえ、先生？」

答えがないのが訝《いぶか》しく、宗子は顔を上げた。そして、小宮山がこちらを見ていないことに気が付いた。

彼は微笑みをたたえたまま、何かをじっと見ていた。それは宗子の方向にあって、宗子ではないものだった。彼の視線を追って、後ろを振り返った。

窓の外にあったのは、ニューテラスメタボマンションだった。彼が作った作品。おっぱいマンションと呼ばれたその姿が。

「先生……」

彼の目元はうるんできらきらと光り、口元はゆるんでいた。微笑みというより、何かたまらない嗜好品《しこうひん》をもらった子供のような表情だった。

彼が自分の作品を眺めるためにここに来ていたのだと気が付いた。建築してから、すでに五年以上が経った建物なのに、賛美し、あがめ、味わい、心の底から愛しているのだと。彼の中には、自分の作品に対する愛しかないのだと。

「先生は天才ですね」

宗子は目を小宮山に戻しながら言った。彼がそういう男なら、御し方はわかっている。

「天才？」

目を潤《うる》ませたままの彼は答えた。

「やっぱり、先生は天才だわ。あんなすばらしい建物を作っちゃうんだもの」

「私は天才ではないよ」

彼の答えは、思いがけないものだった。

「私は天才ではない」

まるで夢から覚めたように、小宮山の表情の輝きはなくなっていた。こういう時によくある謙遜《けんそん》ではなく、本心からそう言っているのだとわかった。

「私は天才ではない。天才、というのは、——のような人間のことを言うんだよ」

——の部分はよく聞こえなかった。宗子の知らない名前だった。

「私はただ、ほんの少し努力しただけだ」

意外な言葉だった。

宗子はそそくさと荷物を片づけ、席を立った。急にどう接していいかわからなくなった。否定しても肯定しても、うまくいかないような気がした。

席を離れる時、やっと小宮山は気が付いて、「ああ、帰るのですか」と言った。

パッパとはずいぶん違った男だわ、と思った。

そんなことを思い出してしまったのは、あの時、小宮山と話した喫茶店に来ているからかもしれない。

宗子は奥村滋樹を待っていた。

三十余年前、奥村が「明日から京都に行ってくるよ」と言った。

「あらお仕事？」

「いや、旅行に」

「誰と？」

結婚してから、奥村が宗子を置いて旅行するのは初めてだった。ほとんどは二人で旅行したし、両親との旅も友人とのハイキングも、奥村は宗子を連れて行った。宗子が嫌がっても「一緒でないと寂しいんだ」と言って。

だから、逆に何も不審に思わなかった。

「佐藤《さとう》さんと」

彼はすとん、と答えた。

宗子は無意識に佐藤さん、という知り合いを頭の中で検索した。その中に、奥村が二人で出かけるような親しい人間はいなかった。でも、彼は仕事柄、顔が広かったし、宗子が知らない相手がいてもおかしくはない。

「あたしも行っていい？　今の時期の京都は紅葉がきれいでしょうね」

奥村はにこやかにほがらかに、だめ、と答えた。

「えー、どうして」

「二人で行きたいから」

その時、やっと宗子は何かを感じて、たずねた。

「佐藤さんて、誰なの？」

「ほら、会社の事務の佐藤さん」

むーこも知ってるだろ、と奥村はすねるように言った。

会社は、奥村が親から受け継いだ不動産を管理したり、新しい賃貸マンションの企画をしたりしていた。社員は十人足らずだが宗子は全員を知っている。事務の佐藤とは、今年入社したばかりの若い女だった。

体が硬く、冷たくなるような感覚がした。

「佐藤忍《しのぶ》のこと？」

「そうだよ」

「どうして、あの子と行くの」

「行きたいから」

「だって、あの子は女の子じゃない」

「そうだよ」

のれんに腕押しというのはああいうことなのか。何を言っても、奥村はにこにこと答えるばかりだった。

「そうだよって……若い女の子と二人で旅行するって変でしょ」

「だって、したいんだもの」

「彼女はなんて言っているの」

「彼女も行きたいって」

「……付き合っているってこと？」

奥村は首を傾げた。

「どうだろ？」

「浮気ってこと？」

奥村は反対側に首を傾げた。

「浮気っていうより、わりと本気かな」

「本気って……何を言っているの?」

「ごめんね。だって、むーこが聞くから」

「だって、あなたとあたしは結婚しているじゃない」

「しょうがない。あの子が好きなんだから」

「あたしのことはどう思っているの?」

「うーん、もうあんまり好きじゃないかな」

そこまではっきり言われたら、どうすることもできなかった。

「そんなの行かないで」

「どうして?」

「悲しいから。行ってほしくないから。当たり前でしょう」

「僕が行くのが悲しいの? それとも、もう好きじゃないのが悲しいの?」

両方よ、と言いたかったが、それがわからないふりをしている彼に絶望して、声が出なかった。

「京都に行かなくても、僕の気持ちは変わらないよ。だったら、行っても行かなくても、むーこは悲しいままじゃない」

佐藤忍が入社してからまだ半年ほどだった。宗子はこの夏に三十になっていた。ついこの間まで、大切に、プリンセスのようにかしずかれていたのに、あの日突然、すべてが変わってしまった。

「じゃあ、これからどうするの？」

奥村は肩をすくめただけだった。

あの時、あんなに自分が大騒ぎしなければよかったのかもしれない、と宗子は時々考える。結局、あの女とは結婚しなかったのだから。そうしたら、もっと一緒にいられたのかもしれない。

けれど、それまですべてにおいて自分の方を見つめていた彼が、急に別の女を追いかけていると知った時、取り乱さずにいられなかった。宗子は家を出て、友達の家に行ったり、実家に身を寄せたりした。奥村は一度も迎えに来なかった。説明も弁解も、謝りもしなかった。

そのうちに彼は家を出て、佐藤忍と同棲《どうせい》を始めた。仕方なく、宗子はマンションの部屋に戻った。そうしていれば、いつか彼が戻ってくるかもしれないと思って。

結婚はしていたが、子供はいなかったし、もう愛していないと言われたら、それだけの関係のようにも思えた。

宗子が混乱しているうちに、奥村家の弁護士が家にやって来て、彼の離婚の意思が伝えられた。

宗子は籍を抜くことになかなか同意できなかった。その話し合いさえ、奥村は出てこなかった。弁護士が時々来て、交渉させられた。ねばりにねばって結局、マンションにそのまま住み続けることと、最低限の生活費は送るという約束を取り付けた。離婚届に判を押したのは、奥村が佐藤忍と旅行に行ってから三年の月日が経った頃だった。

奥村が出て行ってから、宗子はマンションの他の住人や遠藤に彼は仕事で海外に行っている、と説明した。そして、離婚後、奥村は出張先で死んだ、と伝えた。

実際そうだった。宗子にとっては奥村は旅先で死んだのと同じだった。

ふっと顔を上げると、目の前に貴子《たかこ》がいた。

「貴子さんが来たの」

「はい」

彼女は少し長めのボブヘアで紺色のコートを着ていた。昔からきりりと美しい女だった。

「最近、冷えますね」

にこやかに言って、宗子の前に座った。

「あの人は？」

「夫は風邪をひいてしまって」

嘘《うそ》だ、と思った。

奥村とはメールで約束をした。今は二人とも携帯電話を持っている。

「何かあったの？」

貴子には昔から、この口調で話していた。自分より二十五以上も年下の女に、丁寧語を使う必要はないと思っているからだ。

貴子は奥村が宗子と別れてから、二人目の女だった。忍とは結婚することなく別れ、その後に付き合ったのが貴子だ。

彼女は東京の資産家の娘で、女子大生の時にアルバイトしていたワインバーで知り合ったらしい。いわゆるホステスとは違うが、若くてきれいで頭もいい女子大生ばかりが集まっている店だそうだ。

奥村はいろいろな女と付き合ったが、結婚したのは親が決めた最初の相手と、宗子、貴子の三人だけだった。子供は宗子が知っている限り、どの女ともできなかった。

「ひどい病気か何かじゃないでしょうね？」

「違いますよ。ただの風邪で……でも、ちょっとこじらせてしまって」

「家にいるの？　入院なんかしてないの？」

「大丈夫です」

彼女はどこまでもにこやかだった。

「本当に重い病気なんかじゃないのね？　万が一のことがあったら、ちゃんと連絡ちょうだいよ。あたしだって、最期《さいご》にはパッパに会いたいんだから」

貴子は返事をしなかった。ただ表情は崩さず、じっとこちらを見ていた。

「宗子さんのご用件はなんでしょうか」

さらにぐちぐちと宗子が言葉を重ねようとしたところに、切り口上でもなく、冷たすぎもせず、彼女は質問をはさんだ。宗子でさえも、無視できない言い方で。

「パッパから聞いていると思うけど、おっぱいマンションのことなの」

「テレビなんかでも、話題になっていますね」

それ以上は話したくなかった。マンションは宗子が奥村に買ってもらったもので、貴子には関係ない。それをどうしてこの女に話さなければならないのか。

「そういうことだから、伝えてくれる？　パッパが治ったら、すぐに連絡ちょうだい」

「お話は私がお聞きするように言われているのですが」

「でも、パッパに話さないとわからないことだから。マンションのことはあたしとパッパの……ほら、昔からいろいろあった場所だから」

「奥村さんもいつ頃治るかわからないし、それからじゃ、宗子さんの御用に遅れるかもしれませんしね。いろいろご用意することもあるかもしれませんし」

この女はすべて知っているんじゃないか、全部わかって、こうしてここにいるんじゃないか。宗子がそう疑いたくなるほど、平然と彼女は微笑んでいた。柔らかく、下手に、そして執拗《しつよう》に貴子は口説いた。

「ね、教えてくださいな。微力ながら、私がお手伝いできることもあるかもしれませんし」

宗子は迷った。確かに今話しておけば、委任状は早くもらえるかもしれない。この件で奥村に会えなくても、マンションに起こっているあれこれについては改めて彼と話さなければならないし、その機会はいずれまた持てるだろう。

「たいしたことじゃないのよ。ただ形式的なことなの」

宗子は管理人の遠藤から言われた、マンション管理組合の委任状について話した。建て替えについて、これからさらに突っ込んだ話し合いがあるから書いてほしいことを説明した。

貴子はふんふんとうなずきながら、おとなしく聴いていた。

「そういうことだから。一応、そういうのを用意して欲しいってパッパに伝えておいてちょうだい」

「お言付けはしますけど、本当のところ、それでいいんでしょうか」

「え」

気がつくと、貴子の顔から笑顔が消えていた。

「そんな大切なお話し合いなら、むしろ、奥村さんが出席するべきなんじゃないでしょうか」

「いいのよ、別に。あたしがちゃんと出ているんだから」

マンションの中では奥村はすでに死んだということになっているのだ。今さらのこのこと管理組合になんか出ていかれては困る。

「根本的に、おかしいんじゃないかって思うんです。今も昔も、マンションの権利は奥村さんにあるんですし、建て替えということになれば、宗子さんにも出て行っていただかなくてはならないですし」

「出て行く？　何を言っているの？」

宗子はやっと貴子がここまで来た意味が分かったような気がした。

「あたしがおっぱいマンションに住むことはずっと前から決まっていたし、それはちゃんと話し合いもしているんですよ。弁護士さんとも」

「もちろん、それはうかがっています。私も契約書を見ました。でも、それは、今の『ニューテラスメタボマンション』でのことであって、建て替えということになれば、奥村さんがあらたに契約を結びなおすことになりますよね？　そうしたら、宗子さんとの契約も変わってくることになるのが普通じゃないかと思うんです」

貴子はそこで、再びにっこり笑った。

彼女の後ろに、おっぱいマンションがそびえ立つように見えた。

翌朝、宗子は犬のマッキーも連れずに、一人でマンションを出た。

世田谷区の、昔から高級住宅地として人気の高い駅まで地下鉄と電車を乗り継いで行く。

奥村たちがそこに居を構えたのは、貴子の実家の近くだからだと聞いていた。

離婚後、奥村と二人で会えるようになるまで、十三年の歳月がかかった。

それがなかなかかなわなかったのは、最初は奥村側の理由からだった。離婚届にサインした時に、「いつか一度、お目にかかって、ちゃんとお話ししたい。それができるような関係になりたい」と弁護士に伝えた。

「どうでしょうか。伝言はいたしますが、滋樹さんはお会いにならないと思いますよ」

初老の弁護士はわずかに唇をゆがめた。それで、彼が奥村と宗子によい印象を持っていないことを悟った。何事にも冷静に対処する彼の正直な本心の発露は最初で最後だった。

離婚が確定した後、犬を飼うようになった。マッキーは二代目だ。

十三年が過ぎて、もう奥村は宗子のことなど忘れてしまったのだろう、と考えていたら連絡があった。結婚していた時から変えていない、マンションの固定電話が鳴った。

「むーこ?」

以前と変わらぬ、重みのある声を聞いた時、宗子は涙があふれた。奥村は何事もなかったかのように話し始めた。お互い、簡単な近況報告をした後、彼が言った。

「会おうか?」

それをずっと待っていた。別れてから、宗子はいつも彼のことを考えていたのだから。いったい、どうして自分のところから彼が去ったのか。あんなに大切にかしずかれて愛されていたのに、なぜ、彼は別の女のところに行ってしまったのか。それが聞きたかった。教えてもらわなければ、次の人生が始められないような気がした。

「昔の君を見ているようなんだ」

しかし、久しぶりに会った彼が語ったのは、当時知り合った貴子のことばかりだった。佐藤忍の後、別の女と付き合っていたのだろうか。それはどうしても聞けなかった。元妻のプライドがあった。

「きれいで頭が良くて、気が強い」

なるほど彼は自分をそういう女だと見ていたのか、と知った。きれいで頭が良くて、気が強い女であり続けるために、宗子は奥村が去った理由を聞けなかった。

そんなことを思い出しながら、宗子は赤坂から三十分ほどの駅を降りて、駅前の大通りにある、チェーンのコーヒーショップに入った。

七時になるところで、客はひっきりなしに入ってきたが、テイクアウトも多くて、店はそこそこ空《す》いていた。宗子は一番奥の、一人掛けの席に座った。入り口が良く見えるけれど、向こうからは顔が隠れる場所だった。

「おはよう！」と大きな声がして、奥村滋樹が入ってきた。

「おはようございます」

カウンターの中で注文を取っている、アルバイトの若い女が愛想よく答える。昔から声の大きな男だったが、近頃、さらに大きくなったようだ。耳が悪いのかもしれない。他の男性アルバイトが苦笑しているのに気がつかない。

「いい天気だね」

「そうですね。冷えますけど」

「このぐらい寒いのが好きなんだよ」

「今日はいつもので？」

「うん、いつもの」

いつものとは、なんということもない、ブレンドのLサイズのことだった。

コーヒーができあがるまで、奥村は彼女にずっと話しかけていた。

「そろそろ、大学の試験じゃないの？」

「ですねー、憂鬱《ゆううつ》ですけど」

「じゃあ、ここは休むの？」

「一週間ほど、お休みをいただきます」

「前の試験の時も休んだもんね」

ブレンドができあがると、カウンターから一番近い席に座る。

彼は宗子のことにはまったく気がついていない。ずっと、女の方を見ているから。宗子がここにいるなんて、夢にも思ってない。

貴子が三十を過ぎたあたりから、宗子は一年に一度、奥村の身辺調査をプロに頼んでいた。

調査内容は、彼の一日の時間割。会っている人間、足しげく通っている店など、漠然としたものだった。たった数日、調査員がついて調べてもらうだけでも、その費用は高額だった。宗子が奥村からもらう、わずかな生活費からこつこつと貯《た》めた金はそれですべて使い切ってしまう。

それでも、昨年まであやしいことはなにもなかった。貴子は三十五、奥村は七十五を超え、二人はこのまま添い遂げるのではないかと思われた。

今年の調査で、奥村が毎朝、このコーヒーショップに通い詰めているということがわかった。

奥村が宗子の元を去った時、その本当の理由はわからなかった。

もちろん、新しい女がいたわけだが、それまで宗子と結婚していた七、八年ほどは、まったく他の女に興味を示さなかったのだから、浮気性とか女好きというのとはどこか違っているように感じた。貴子が、当時まだ女子大生だと知って、わずかな疑念が持ち上がった。

貴子と奥村が結婚してから、何年も待った。彼女が三十を過ぎて、やっと調査を開始し、こうして実を結んだ。

彼は銀座のテーラーで仕立てたスーツを着て、カシミヤのマフラーをし、専門店であつらえたハンチング帽をかぶっている。どれも一流の品だ。けれど、若い人たちには、多少裕福そうなおじいさんにしか見えないだろう。

彼は新聞を読んでいる。けれど、それはあくまでふりでしかない。ずっと同じ社会欄を見ているのだから。彼の神経は若い女の方に向かって研ぎ澄まされている。

よくよく、身近な場所で女を見つける男だ、と呆《あき》れる気持ちもある。それも、昔の宗子や貴子のような、高級な店の志のある女でなくて、ただのチェーン店。奥村も歳《とし》をとったものだ。

彼が若い女が好きな男だ、ということを、この店での彼の態度を目の当《ま》たりにしてから、やっと受け入れることができた。

放っておいたら、貴子もまた宗子のように捨てられる日が来るのだろうか。そうなったら、宗子も気が晴れるし、マンションにも居続けることができるかもしれない。

しかし、今や彼も七十五の老人だ。望んでも、二十ほどの若い娘が相手にするとは思えない。

これまでどんな女でも落としてきた彼は、自分の思いが受け入れられない時、いかなる行動に出るのだろう。妥協して貴子といるのか、それとも、やはり彼女とは別れるのか。

宗子は冷めてまずいコーヒーを飲みながら考える。

いずれにしろ、あたしはこの男と女の輪から抜け出なければいけない。こんなコーヒーを出す店にいる女なんかと一緒の場所にはいられないのだ。

だとしたら、この情報を一番効果的に使わなければ。

調査によれば、奥村は彼女に高価なプレゼントを渡したりもしているらしい。彼に事実を突き付けて、妻にばらすと脅してマンションの権利を確実なものにするか。しかし、彼のような男は気にしないかもしれない。むしろ、妻にそれを言ってくれてありがとう、と感謝するかもしれない。別れる口実ができるから、と。

それとも、貴子に言いつけるのがいいのか。恩に着せて、マンションを手に入れるか。貴子の父親は財界の大物だと聞いている。娘婿《むすめむこ》のことでおかしな噂が立つのは避けたいのではないか。

共犯者になるのか、脅迫者になるのか、密告者になるのか。

宗子はもう一度、店のカウンター付近に目をやる。奥村はまだ、じっと若い女の方を向いていた。

あの背中、肩。ずっと宗子が生涯をかけて追いかけてきた姿。

奥村は自分が育てた女に裏切られる。仕方ない。彼がそう強くたくましく成長させたのだから。

宗子は立ち上がった。

静かに近づいて、彼の肩に手をかける。その身体は温かかった。昔から体温の高い男だった。

奥村は驚いて振り返った。その驚愕《きょうがく》の表情に微笑みかける。

「久しぶりね」

宗子はカウンターの中にいる女性をふり返った。

「きれいな子ね？」

「ああ」

まるで死に際のうめき声のようだった。その声で、緊張していた宗子は気が大きくなる。

今、声をかけたのは正解だった。相手の隙《すき》をとらえたのは。

あたしはいつも正しい。ねえ、パッパ。

「おっぱいマンションの話をしましょうか。私の終《つい》の住処《すみか》になるんだからちゃんと話さないといけないと思うの」

奥村宗子、いや、大木ねむは、一世一代の舞台を、今、見せている確信があった。

住民会議

当時、我々、学生は語るために生きていた、と言っても過言ではありません。何を話すって？　それは当然、建築のことです。毎日大学に行っては、友人たちと新しい建物や建築家について一日中議論していました。あの頃は図面を引くより、話をしている時間の方がずっと長かったのです。

我々の中では皆が夢中になって議論になるような話をするか、具体的な例を挙げ理論をきちんと表して皆を納得させる話をしなければならない、という暗黙のルールがありました。それは明文化されているようなものではないけれども、守れていない人間はたとえそれが先輩であったり、有名建築家の教授であったりしても「あの人は最近、サボタージュしてるね」と一刀両断に切り捨てられるようなきびしいものでした。

そんな自分たちを特別な存在のようにどこか心の中で誇っていたところがあるのですが、しかしまた、なんらかの芸術家集団ではめずらしいことでもないですよね。作曲家であれ、画家であれ、小説家であれ、どのような未熟な集団も皆、語り合っているはずですから。例えば、江戸時代の浮世絵工房の若い絵師たち、夏目漱石の門下生、モンパルナスに住んでいた若い画家たちだってそうだったでしょう。

まあ、ここでモンパルナスなんて大仰な名前を出してしまうのが、私の悪いところですね。しかし、ここは老人の繰り言とお許しいただいて。

我々には作品がないのですから、理論で武装しなければ裸になってしまうわけです。時には教授たちや先輩までにも議論をふっかけ、それに向こうが本気になってくれることがあったりしたら、大得意で次の日仲間に吹聴《ふいちょう》する、というありさまでした。

そんな毎日を送りながら、心の奥底で、いったいこの中で誰が、一番に現実の建築物を設計できるのか、中でも自分の名前を残せるような建築ができるのか、と密《ひそ》かに競う気持ちもありました。

ああ、記者さんはS大時代の、小宮山先生と岸田さんの話を聞きたいのですね。それはわかっています。おいおいお話ししますから、どうぞ、慌《あわ》てずに。

会場の正面に置かれたテーブルの端、自分のために用意された席に着くと、小宮山デザイン事務所の社長、岸田恭三は腕を組んで軽く目を閉じた。

それはコンペティションの前などに、いつも岸田が自然にしてしまうポーズだった。同時に、彼の恩師であり、事務所の創立者であった、故小宮山悟朗からはきつく止められていた姿勢でもあった。

「目を閉じるな、岸田。それは負け犬の姿だ」

そして、あのぎょろりとした丸い目を見開いて、じっとまわりを見回して見せた。

「こう目を開いて、じっと見るんだ。そうでなければ、相手の力量も会場の雰囲気も何も入ってこない」

あの人は俺の何もかもが気に入らなかった。姿勢が悪い、服装が貧乏くさい、言葉が田舎くさい。何度注意されただろう。

今ではこの腕組みも、「岸田スタイル」として業界に知れ渡りつつある。あのポーズをしている時、すでに根回しが終わっており、コンペは岸田率いる「小宮山デザイン」にほぼ決まっているのだ、という噂《うわさ》がまことしやかに出回っていた。

会場のざわめきが少しずつ大きくなっているのに気がついた。岸田は半分閉じていた目を薄く開ける。

会場はほぼ埋まっていた。目の前の椅子席《いすせき》にはここの住人が、後ろの方には数人のカメラマンと記者が見える。

テーブルの中央は住民代表の議長と副議長、マンション管理会社が陣取り、右側に岸田たち小宮山デザインが「スペシャルアドバイザー」として、ジャパン地所がコンサルタントとして座り、左側に役人や議員らが顔をそろえている。

中央に座っている二人がひそひそ話していた。そうしながら、副議長の男が時折こちらに目を向ける。空席が気になっているようだった。

それはそうだろう。岸田の隣、小宮山悟朗の娘、「小宮山みどり」の席が空いているのだから。

彼は意を決したように、こちらに歩いてきた。

「すみません。今日、小宮山みどりさんは……？」

「どうでしょう。いらっしゃると思いますが……いつも朝が遅い方ですから」

彼の肩が小さく揺れた。感情を必死に押し隠しているようだった。

ここの建て替えの話が出てきた一年ほど前から、彼とは何度か会っている。市瀬という男で、若い頃の岸田を知っているらしい。そう言われても、岸田の方にはまったく覚えがなかった。ただ、こちらになにかしらの敵意を持っている男だということはすぐに感じた。

「では、始めてもいいですかね」

結局、自分がそう聞かれることになる。昔と一緒だ。先生が生きていた頃と。

岸田は軽く微笑《ほほえ》んだ。

「いいのではないでしょうか。あとで、私も連絡してみます」

お願いします、と市瀬は軽く会釈《えしゃく》して、席に戻っていった。

彼が議長に耳打ちすると、議長は軽く咳払《せきばら》いした。議長の佐竹昭吾《さたけしょうご》は八十歳を越えた老人である。住民運動の実質的な長は副議長の市瀬だが、議長は古くからの住人で年長者である者に譲らざるを得なかったようだ。

佐竹がマイクを持って立ち上がった。

「皆様、本日はお暑い中、お集まりいただいてありがとうございます。まだお揃《そろ》いでない方もいるようですが」

そこで、市瀬がこちらをちらりと見た。

「そろそろお時間ですので始めさせていただきたいと思います。本日は、これまでの住民会議とは異なり、東京都議会議員の戸田光郎《とだみつろう》先生、港区議会議員、藤原雅俊《ふじわらまさとし》先生、国土交通省都市計画課より峰岸陽一《みねぎしよういち》課長、また、コンサルタントとして、ジャパン地所より開発営業部の大島倫郎《おおしまみちろう》部長、同営業第一課、工藤聡《くどうさとし》課長、スペシャルアドバイザーとして故小宮山悟朗先生のお嬢様である、デザイナー・エッセイストの小宮山みどり様、小宮山デザイン事務所から岸田恭三様……」

「小宮山みどりさんはまだ来ておられません」

市瀬が言葉を挟んで、皆の視線が一瞬、不在の席に集まった。

岸田は小さく息を吐く。あの親子はそこにいようといまいと、必ず、誰よりも衆目を集める。

「それでは、『赤坂ニューテラスメタボマンション』住民会議を始めさせていただきます」

老人が唐突に言ったので、皆は空席に目をやったまま、その宣言を聞くことになった。

「どのスーツを着ていくの？」

今朝、妻の香子はそう尋ねて、上目遣いにちらりと岸田を見た。

「どうかねえ」

迷っているふうに答えたけれど、スーツにしないと決めていた。今日は白いシャツと黒いズボンだけを身に着けるつもりだった。

小宮山の書生をしていた頃、彼が岸田に決めた服装だった。お前はセンスがないのだから、毎日同じ服を着るがいい、と言われた。

「結局、取り壊しは決まりそうなの？」

彼女は興味なさそうに尋ねた。

人はかまを掛ける時、自分の願望とは反対の意見をぶつけてくるタイプと、願っている方をそのまま言うタイプがいるが、香子は断然、後者だった。

「どうだろうねえ」

スーツの時と同じように答えながら、ミルクコーヒーを飲む。トースト、卵、サラダ、という毎朝用意された朝食。正直、ミルクが入ったコーヒーは大嫌いだ。口の中がねばねばするような気がする。けれど、妻がテレビか雑誌で、ブラックコーヒーよりその方が体にいい、と目にしてから、もう数十年、それを飲み続けさせられている。

結婚生活というのはそういうものだから、まあいい。

「でも、もう、ほとんど決まっているんでしょ」

確かに、こういう会議やコンペティションというのは、始まる時にはすでに結果は出ているもので、そこまで持って行くのが一番の仕事だと岸田は考えている。さすがに建築家の妻である彼女はよくわかっていた。

しかし、そういうことを意に介さない人間もいた。

それは他ならぬ、恩師の小宮山悟朗で、すでにほぼ他社に決まりかけていたコンペを何度もひっくり返し、時にはこちらに決まっていたのを壊してきた。

ひっくり返す方が、壊されるよりも少し多いので、彼は優れた建築家として名を残したが、事前に根回しし尽くしているこちらの身にもなってほしいと何度思ったことか。

岸田はその頃のことを思って、低く笑った。

「何？」

妻がとがめるような視線を向けた。

「別に」

「ちゃんと説明してよ。気持ち悪い」

気持ち悪い、と言われたのは、結婚して初めてのような気がした。そこまで嫌悪感《けんおかん》を露《あら》わにした言葉に、岸田は少し驚いて、彼女の顔を見直す。

「気持ち悪いのよ、あなた、にやにやして」

「にやにやなんてしとらんさ」

「しとらんさ、って、どこの方言？」

東京生まれの妻が心から怒っている時だけ、岸田の故郷や実家を微妙に皮肉ってくる。

「方言じゃないだろう。普通の言葉だよ」

「私の話を聞きもしないくせに、自分だけはにやにや笑って」

「え？　何か言ったのか？」

「だから、赤坂ニューテラスメタボマンションはどうなったの？　って聞いているでしょ」

「だから、何も決まってないって」

「決まってないわけないじゃないの。あなたはジャパン地所と打ち合わせしていたし、住民の人たちとも会っていたし、何より、都議会議員ともこそこそ電話していたでしょう」

妻はどうやってその情報を手に入れたのだろう。電話は家でもかけたことがあるし、スマートフォンの履歴を見れば明らかだ。打ち合わせの予定は事務所に置いてある手帳に書いてあるが、毎朝事務所の掃除をしている妻なら、盗み見るのは簡単なことだろう。そもそも、仕事について、彼女に隠し立てをしたことはない。

しかし、公《おおやけ》の予定表には書いていなかった、住民との打ち合わせはどこから知られたのだろう。

「本当に何も決まってないんですよ」

丁寧な言葉を使う時がどういうことか、彼女もわかっているはずだった。

「いつものコンペなんかとは違って、今回は特殊だからね。住民の方々の気持ち一つで決まるし、そういう時の流れは読めないからね」

「みどりさんにもそう説明しているの？」

「みどり先生とはこの問題について話してないよ」

思わず、少し口ごもった。

「話していないわけないでしょう。一緒に、福島にも行ったじゃないの。その時に話さなかったわけ？」

「福島は別の仕事だし、みどり先生は……あまり関心がないんだよ」

「どういう意味？」

「あの方は、小宮山先生の建物が残ろうと、残るまいと、どちらでもいいと思っている」

「そんなわけないじゃない。父親が作ったマンションを残したくない娘なんていないでしょ。ましてや、自分だってああいう仕事をしているのだし、それが文化財になれば仕事も増えるでしょ。建物が残れば彼女の、あの親子の勝利なのよ」

そういう通り一遍な考えしか持てない妻が哀れにも思えた。

「我々の感覚とは違うんだよ」

だから、ただ、そう答えた。

「残そうが残すまいが、どちらでもいいんだよ。何より、最初に建て替えにサインしたのはみどり先生だから、本当に残したくないのかもしれない……いや、わからないね」

「福島では、その話はしなかったの？」

同じことを何度も聞くな、とここで言い返すことは逆効果だとわかっていた。

「ほとんどしなかったね。他に小林たちもいたし」

「そう」

香子はそこで黙ってしまった。口元に握り拳《こぶし》を当てて、じっと何かを考えている。

彼女が、いや女がそういう表情になってしまったら、もう何も言わない方がいい、というのは、結婚生活で学んだ多くのことの一つだった。

多くの決まりごとの中で、熟年夫婦はなんとか持っている。

「住民と会っているというのは小林君から聞いたのよ。私は潰《つぶ》した方がいいと思うわ」

岸田が朝食を食べ終わり、控えめに「ごちそうさま」とつぶやいて立ち上がった時、ふいに彼女はそう言った。

「そうか」

また、妻がつまらない画策をしている、と思ったが、逆らわずに答えた。

「耐震化もできてないし、これから先、面倒になるばかりよ」

「なるほどな」

上着を着て靴を履き、家をでる前にやっと言った。

「潰すという言い方は美しくないと思う」

しかし、S大にもその仲間に決して加わらない人間が二人いました。当の、小宮山悟朗先生と、のちにその右腕となる、岸田恭三さんです。小宮山先生は、もう、その人がすでに伝説のような人なので、なんの理論武装もいらないのです。口を開いたら、それが正しいとか間違っているとかいうことと関係なく、ただ、小宮山悟朗なのです。岸田さんは無口な人で、いつも我々の言葉から少し離れて、微笑んで聞いているような感じでした。だから、正直言うと、最初の頃、我々は彼を侮《あなど》っていました。表だってバカにしたり、あざけったりはしないのですが、空気のような存在と思っていました。しかし、それは大きな間違いだと気づくことになるのです。それについては、また後ほどお話しします。


会場では退屈な発言が続いていた。

まずは、議長からこれまでの経緯が説明された。彼は手元のメモをただうつむいて読むだけだった。これが、とろとろと進み、いっこうに終わる気配がない。

「……というわけでして、我々は雨漏りや壁の剝《は》がれなどに苦しみ、日々、不便な日常を送ってきたわけですが……」

しかたないことだとは思った。今日は行政側の議員や役人たちが集まっている。最初から説明する必要もあるだろう。

「ここにいる、副議長、市瀬清さんが住民運動を起こして、建て替えのムーブメントを起こす方法もありますよ、と提案してくれ……」

そこで住民側から拍手が起こり、市瀬が政治家のように手を挙げた。

「……というわけでして、いつまでも話し合いを続けているわけにもまいりません。本日は皆さん、忌憚《きたん》ないご意見をいただいて、ここらで、一度、中締め、と申しますか、建て替えをするか、それともこのまま存続か、ということだけでも決めてしまいたい。本日一旦《いったん》、建て替え推進決議の採決を行いたいと思います。皆さん、よろしいでしょうか」

住民から大きな拍手が起きた。

「マンション建替法の改正で、マンションの建て替えは以前よりも容易となりました。しかし、それでも、区分所有者と議決権の五分の四の賛成が必要となります。皆さん、それを心に留め、ぜひ前向きな意見を、存分に交わしていただきたいと思います」

岸田はそこで、立ち上がり、そっと外に出た。廊下でスマートフォンを取り出す。

みどりの番号を探して、ボタンを押した。

「なあに？」

小宮山みどりの不機嫌な声が電話越しに伝わってきた。

「お休みでしたか」

「起きてるわよ」

「では、会議に来ていただけませんか」

懇願するように……でも、同情心を買うような音は極力控えめに。

みどりを操作するのは、小宮山悟朗をそうするのと同じくらい気を使う。

「……行けたら、行くわよ」

「と言うことは、いらっしゃるつもりですね」

少し笑いを混ぜる。彼女がよりいらだつように。

「わからないわ」

「今日は来なくっちゃあ、いけません。たぶん、今日、建て替えか存続かの可否が決定します」

「だから、それはどっちでもいいんだって」

「どっちでもよくても、あなたには、それを目の前で聞く、義務があるはずです」

みどりは黙った。

少し強く言い過ぎたかな、と後悔した頃、答えが聞こえた。

「私に義務なんてない。人間には誰一人として、義務なんかない。自由なの、誰もが」

岸田は薄く笑った。今度は向こうに聞こえないように。

「では、お嬢さんとして、ここにいらしてください」

また、沈黙。お嬢さん、と言われたのが、気に入らなかったらしい。確かに、五十を過ぎた女性にお嬢さんはないかもしれない。

「岸田」

これまでとはまったく違うトーンの声が聞こえた。

岸田は身構える。

「残しても、残さなくてもいいのよ」

「え。何を？」

「名前よ」

岸田は息を呑《の》んだ。そして、それを向こうにわからないように、少しずつ吐く。この気配が伝わらないことを願った。

「あなたは名前のことを気にしているんでしょう」

「どういうことですか」

「あなたは名前を残したいのね。あれは、父とあなたが初めて一緒に作った建物だものね。表だっては小宮山悟朗の建築ということになっているけど、資料をよく読むと、連名でまだ学生だったあなたの名前も一度出てくる。建物を壊せば、それも消えてしまう」

資料を読んでいたのか……。では、気づいているかも。

まがりなりにも、小宮山みどりはデザインの専門家で、最近は内装デザインも請け負っている。それに何より、小宮山悟朗の娘だ。

「私は何も気にしておりません」

「あなたが自分の名前を残したいという気持ちはわかるわ。いえ、私にはわからないけど、そういう人が多いみたいだわ」

そうだ、あなたには何もわからない。

「でも、あなたの名前は、他の建築物にたくさん残っているじゃない。そのあとも……」

「わかっております」

「じゃあ、私や父が名前を消したのが、気に入らないの？」

「え」

「この前の、あの……おっぱいマンションで。私は、『Ｍｉｓｓ．Ｋｏｍｉｙａｍａ』の文字を消した父を称《たた》えた。あなたはそれが嫌だったのでしょう。名前を残したいあなたを拒否したような気になって」

一年ほど前、彼女と一緒に赤坂ニューテラスメタボマンションに行った。建て替えの気運が高まった頃で、昔、彼女がデザインした「Ｍｉｓｓ．Ｋｏｍｉｙａｍａ」のブランド名で発表されたノートを、小宮山が愛用していたということを教えた。小宮山はその名前を黒く塗りつぶして使っていたが、彼女はそれをむしろ喜んでいた。

その時のことを言っているのだろう。違うと言いそうになって、また慌てて声を殺した。それを口にするか、しないかで、今後どのような影響がでるのか、咄嗟《とっさ》にはかりかねた。

「私はただ、ものを作れればいいし、たぶん、父もそう。建築物もデザインも、残らなくても残ってもどうでもいいの。ましてや名前なんて。だけど、名前を残したい人のことを否定もしない」

「わかりました」

自分からかけた電話だったのに、早く切りたくてたまらなくなった。

「じゃあ、そういうことで、今後のことは、皆に任せます。私はどちらでもいいんだから」

「よくわかりました。失礼しました」

「でも、あなたにとってはどちらがいいのか……」

みどりの言葉の途中だったが、会話が終わっていると勘違いしたふりをして、電話を切ってしまった。

今の電話が自分にとって正解だったのか、間違いだったのか。岸田にはわからなかった。

岸田が会場に戻ると、すでに住民たちの意見交換が始まっていた。

「三階の南側の角部屋に住んでおります、もう七年ほどになります」

住民の中で最初に立ち上がったのは、木下《きのした》という男で、すでに発言することが決まっていた住人の一人だった。七十代の初めくらいで、仕立てのよいグレーのジャケットやポケットチーフが、彼の豊かな年金生活を物語っていた。

「ここに移ってきましたのは、六十代の半ばでございます。それまでは、川崎市の武蔵小杉《むさしこすぎ》というところに住んでおりました。皆さんもご存じのように、最近、開発が進みまして、タワーマンションが林立しているところです。私の家はもう少し駅から離れたところになりますが、一軒家でした。二人の子供たちが独立し、私も家電メーカーの役員職を定年退職しまして、自宅が夫婦二人には少し広すぎるようになりましたので、売却してこちらに移り住むことにしたのです。この場所は娘の家からも近く、便利なので決めました」

岸田はじっと彼の話を聞きながら、彼のプロフィールを思い浮かべていた。いつも事務所に関わる問題を調べてもらっている、有賀《ありが》という調査員が持ってきた資料には、今、木下がさらりと語った、順風満帆に聞こえる人生の中には含まれていない多くの情報があった。

「……木下の長女は派遣社員として新宿区のＩＴ会社に勤め、長男は都内の有名私立大を中退しています」

有賀は神経質そうに、資料を爪《つめ》で叩《たた》きながら言った。

「退学処分を受けたわけでもないので、理由ははっきりしません。入学したはいいものの、友達や学生生活にもなじめず中退というごく普通の理由かもしれません」

「確かに、そういう学生は多いからね。最近は特に」

「ただ、その後の生活を見ると、そればかりとは言えないようで」

「というと」

「中退後は就職もアルバイトもせず、ずっと実家に引きこもっていたようです。その後、インターネットで、アイドルのコンサートチケット売買の詐欺《さぎ》行為を働いた件で逮捕されています。在校中も何か事件を起こしていたのかもしれません」

「逮捕か……」

「実はその前にも、偽《にせ》ブランド品やパソコンなどのネットオークションで何回か警察の注意を受けているんですね。その都度、親が相手側に金を支払って示談にしていたんですが、あまりにも度重なることと、今回は余罪もあるなど、特に悪質だったために逮捕となりました。懲役一年、執行猶予《ゆうよ》二年です。今は、そういう子供たちが集まる、地方のボランティアサークルに預けられています」

「もう子供とは言えない年齢だけどね」

有賀は岸田の言葉ににこりともせず、深いため息をついた。

「木下夫妻も、息子のことでは本当に苦労しているようです」

「それで、武蔵小杉の家を売って、こちらにきたわけか」

「はい。被害者への賠償金やボランティア団体への寄付金もバカにならない額のようです。とはいえ、大手メーカーの役員職でそれなりの退職金もありますし、今、差し迫って貧窮しているほどではないようですが。マンションが建て替えになれば、助かることは間違いありません。売ってもいいし、息子に将来住むところを与えられますから」

有賀の話を思い起こしてから、改めて木下の主張や表情に接すると、胸に迫るものがあった。

確かに、そのポケットチーフは一見すれば余裕のある生活に見えるかもしれない。けれど、有賀が資料用に撮ってきた写真を見れば、ジャケットもチーフもいつもほとんど同じものを身につけていることがわかる。妻か彼自身が丁寧に手入れをしているのか、みすぼらしい感じはしない。

「私は、最初に、この話を市瀬さんに聞いて、これは本当によいアイデアだと思いました」

木下と市瀬は目を合わせてうなずいた。その表情は、前に座っている岸田にはよく見えた。

「真新しい、バリアフリーのマンションに住めるのは、私どもとしては大変ありがたい。それは正直な気持ちです。昔からデザイナーズマンションのはしりとして有名で、駅からも近い。値段がかなりお安いという条件に飛びついてしまってここを買ったはいいものの、雨漏りもありますし、最近は床の傾斜も気になっておりました。終《つい》の住《すみ》処《か》としてはどうなのかと不安です。しかし、私がこの提案に賛成するのは、それだけではないのです」

木下は手元のメモにちらりと目をやった。そのまま読み上げる。

「私たちは、この問題を次の世代に先送りしてはなりません。若い世代に。私はこれが私の、最後の仕事と思っています。これからたくさんの困難が待ち受けているでしょうが、それを息子や娘たちにやらせたくはないのです。こんなことは私たちの世代で終わらせなければならない。幸い、退職後で時間はたくさんあります。気力もまだ残っています」

住民たちの中には、木下と同じ年頃と見える男が多数おり、そのほとんどが彼の言葉に深くうなずいていた。

このマンションの建て替えは、ある意味、退職後の彼らの絶好の暇つぶしにもなっているのだな、と岸田は思った。

「この建物を文化財に、という動きもあるやに聞いています。しかし、私たちはそれを望みません。私たちにも人生や生活というものがある。文化財となって、ここをたくさんの人が訪れる、というのは正直、耐えられないことです。文化財にするなら、すべて、ここを正当な値段で買い上げるくらいのことはして欲しい。でなければ、私たちの老後は自分たちで決めさせてくれませんか」

住民からは大きな拍手がわき起こった。

木下は最後に、コンサルを引き受けたジャパン地所や建て替え協議委員のメンバーに感謝を述べ、ゆっくりと座った。

私はS大の小宮山研究室で教えを受けましたが、先生は建築家として、二回、大きな転換を遂げていると思います。まずは、一九六〇年代、高度成長のさ中です。この時期は、小宮山先生に限らず、日本の多くの芸術家、建築家が「変わった」時代でした。日本や東京が大変な変容をなしたのに、彼らが変わらないわけにいかなかったのです。

先生は確か、その頃はまだ、S大の助教授だったと思います。ああ、今は准《じゅん》教授というのですね、私は古い人間ですから、助教授と言わせてもらいますよ。

先生はそれまでのエレガントでロマンに満ちた作風から、合理主義、素材主義へと転換しました。この最も初期の作品群というのは、建築としてはほとんど残っておりません。いくつかの設計図があるだけです。なので、実際には第二期の素材主義が、小宮山悟朗の初期作としてよく取り上げられています。

ああ、確かに、小宮山悟朗の特徴として、現代的な建築の中に侘び寂びを取り入れる、ということは広く言われています。けれど、それは、マスコミがわかりやすいレッテルをはるために、勝手に言いだしたことではないでしょうか。または、先生が口先で適当に説明したものが一人歩きした、とか。

例えば、長野県に建てられた「日本現代デザイン博物館」を説明する時、「この格子窓は、京都の茶室からイメージしたんだ、云々」などと言ったのが広まったものと思います。先生はひらめきの人でしたから、マスコミにその建築の意味を問われて、うまく説明できないことも多く、そのような適当な言葉でしのいだのでしょう。

少なくとも、私は授業や研究室で先生の口から、侘び寂びという言葉を聞いたことは一回もないです。

そして、転換の二回目。これがとても大きな転換なのですが、赤坂に通称「おっぱいマンション」を作った頃に、突然、大きな変化を遂げるのです。小宮山デザインができた、少し後でした。

それまで、小宮山先生は素材主義、様々な素材をとことん突き詰める作風でした。例えば、銅。仏閣をイメージして、銅板で屋根を葺《ふ》くのは、この時期、よくやられていました。それから、コルク。これもまた、先生が好んで使われた素材でした。僕に何度も「コルクで屋根を葺けないだろうか」と相談してきました。さすがに、これは雨の多い日本では不可能です。先生はあきらめて、「おっぱいマンション」の自室の床をコルクで敷き詰められたと聞きました。あれはとんでもなくお金がかかったそうですよ。

それから、近頃ではあまり大きな声では言えませんが、何より先生がお好みになったのはアスベストです。今では、環境破壊、肺ガンの張本人のように言われていますが、当時、あれは世の中で重宝されていて、「夢の素材」と言われたのですよ。耐熱性、耐火性、防音性、絶縁性、保温性に優れ、値段も安かったですから。先生はそれまで耐熱材などに多く用いられていたアスベストを表に持ってくることまで考えられました。先生は常々言っておられました。

「アスベストが世界を変える」と。

そのような「素材主義」から先生は突然、「造形主義」ともいえる、奇異で奇抜な造形で人々を驚かすような建築に、一転しました。

その変化が、いったい、どういう理由で先生の中に起こったのかは私にはわかりません。先生についてはさまざまな本が書かれていますが、きちんとした解説がなされているものはないと思います。

もちろん、先生へのインタビューで何度も聞かれてはいて、ちゃんと答えられてもいるんです。

むしろ、たくさん答えがありすぎるのです。

さっきも言ったように、京都の茶室から思いついただとか、ガウディを見て気がついた、はたまた、神の啓示を受けた、などと言っているのもあります。

だから、よくわからないのです。

しかし、大きな円い窓や、さいころ状の部屋、まさに、おっぱいマンションは小宮山悟朗の造形主義の典型とも言えるでしょう。

そうです、あのおっぱいマンションは、小宮山悟朗が、素材主義から造形主義へと姿を変える過渡期の、記念碑的な建物と言えるのです。

その後、先生は、まるで素材のことなど忘れたかのように、造形主義的建築物に突っ走っていくのです。小宮山デザインの本格的な快進撃はそこから始まります。造形主義は「メタボリズム」ともうまく合致して、先生は時代の寵児《ちょうじ》となりました。

また、そこには、岸田恭三という優れた建築家が大きく関係しているのも忘れてはなりません。

事前に発言することが決まっていた何人かの住民が次々と挙手をして、立ち上がった。さまざまな細かい違いはあるものの、今のところ、建て替え賛成が多数で、明確な反対意見を述べたのは一人だけだった。それも九十を超える老人がこの歳《とし》で面倒なことに巻き込まれたくないというだけのことで、現在住んでいる住宅を組合に買い取ってもらえば賛成に回る、という条件付きのものだった。

市瀬たちも建て替え決議がほぼ通る見込みがあったからこそ、この会議を開いたのだと岸田も報告は受けていた。

意見が一通り出そろったところで、副議長の市瀬が立ち上がった。

「私は今、副議長という、本来なら中立の立場であるわけですが、この問題をマンションの管理組合で最初に提議させていただいたという立場でもありますし、一言意見を述べさせていただきたいと思います」

市瀬は、ご丁寧に、皆さんご異議ありませんか、と呼びかけた。異議なし！　という威勢のいいかけ声を期待していたのだろうが、残念ながら、住民からは、「異議ありません……」というぼそぼそとした声が聞こえただけだった。市瀬は小さく咳払いした。

「私が言いたかったことは、これまで、木下さんをはじめ、たくさんの方におっしゃっていただきました。私のような素人《しろうと》の発案を真剣に協議し、賛成し、今日のここまで持ってきていただいた皆様には本当にありがたく思っています。ありがとうございました」

そこで、市瀬は深々と頭を下げた。有賀の調査によると、彼はS大の建築学科に入学し、途中で転科、卒業後は理科教師となった。今までの態度や発言からみるに、何らかの理由で小宮山と小宮山デザインに敵意を持っているらしい。

「先ほども言いましたように、私の意見はほぼ、これまで皆さんが言い尽くしてくださいましたし、これまでの話し合いの中で再三申し上げてきました。なので、くり返すことはいたしません。あ、すみません。これまでの話し合いには、小宮山デザインをはじめとする、今日ご出席いただいた方には来てもらってないんですよね。でも、まあ、これまでの会議録をお渡ししてありますし、ここはひとつ、ご勘弁願います。

これは私たちの会議ですし、一番は住民主体で進める建て替えというところですから」

市瀬は、会場の両側にいる関係者に頭を下げた。

丁寧そうに見えて、そういう断りがどこか不遜《ふそん》に聞こえた。実際、学生運動をして、こういう場で話し慣れている市瀬からしたら、意図的なものだろうと岸田は思った。慇懃《いんぎん》無礼というやつだ。

岸田もいつもの腕を組んで目を閉じるというポーズをくずさなかった。

「それなので、今日は、私が今までほとんどどなたにも話していなかったことをお話しさせていただきます」

岸田は、少し目を開けた。市瀬がこちらを見ていた。目が合う、その寸前のところで閉じる。ここで、彼の言葉に警戒しているふうを見せたら、向こうの思うつぼだろう。

「私はどちらでもいいんですよ、建て替えようが、建て替えまいがどちらでも」

アポイントもなしで、小宮山デザインに押しかけて来た市瀬が、コルビュジエの椅子にふんぞり返って、何度もくり返した言葉だった。

「ただ、こちらの事務所や小宮山みどりさんは、あのマンションが建て替えられると困ると思いましてね」

この男が何を知っているのか、と内心すくみながら、岸田は穏やかに微笑む表情を変えなかった。

「いえ、わたくしどもも、みどり先生も、最初から気持ちは一つでございます。建て替えに関しては一貫して、住民の方たちの決定に従う、と発表し、現在もその気持ちは変わっておりません」

「私は発表されたことなんて聞いてない。小宮山みどりさんをはじめとした、そちらの本心を聞きたいんですよ」

なぜ、私たちが、この男に。

S大の建築学科を卒業もできず、学生運動のなれの果てに理科教師として片田舎で人生を過ごし、ろくに調べもせずに格安だからと「おっぱいマンション」を数千万で買っただけの男に、なぜ本心を話さなければならないのか。

岸田はめずらしく、自分の表情がわずかにこわばるのを感じた。

「本音で話しましょうや、岸田さん」

にやにや笑いながら、そう語りかけられて、やっと平常心に戻ることができた。

「ですから、その本音というのが特にないんですよ」

今度は冷静に語り掛けた。

「赤坂ニューテラスメタボマンションは小宮山を代表する建築物の一つですが、他にもたくさん建築をしてきた中の一つでありまして、特別なものではない。正直、この問題が起こるまで、ほとんど忘れていたくらいなのですよ」

「では、あなたにとってはいかがです？」

「は？　私？」

「そうです。このマンションは岸田さん、あなたが最初に小宮山先生と手がけたものですよね」

もう一度、顔がこわばる。

「あなたにとっては特別なものなのではないですか？　あなたの名前が建築史に残った、最初の建物だ。それをことさら記憶にないと言うから、逆に怪しく感じるんだ、こちらは」

岸田はまた、自分を取り戻した。

君はその程度の推測しかできないから、そこまでの人間で終わってるのだ。

「関係ありません。あなたにそれを言われるまで、忘れていました」

自分でも、驚くほど冷たい声が出た。

一年以上前に彼と交わした、そんな会話を一瞬のうちに思い出した。

「実は先日、この問題で、ロシアの通信社から取材を受けたんですよ」

市瀬がそう言うと、住民たちからほおっという、ため息のようなものがもれた。

「驚くでしょう？　実は、ロシアだけでなく、中国や韓国でも、このような老朽化したマンションや団地が大きな問題となっているそうなんです。そして、それを自主的に解決した例を探しているとのことでした」

市瀬は皆を見回した。

「日本の分譲マンションの六百三十四万戸のうち築三十年越えが百七十三万戸を占めます。きっとこのような物件は全国にごまんとあるでしょう。同じような話し合いをしているところもあるはずだ。しかし、ここほどよい条件の場所はそうはない。容積率に余裕があって、赤坂の駅からすぐという好立地。また、十階建てというのも、現在のマンションでは低層と言ってもいいほどです。今の倍の戸数の建物を建てれば、元の住民は負担なく新しい部屋に住める……だから、私たちはこれを成功させなくてはなりません。このまま存続させたとしても、ますます老朽化していき、修繕積立金は今の二倍必要となるという試算をコンサルから出していただいています。これを無事成功させれば、老朽マンションの、住民主導の建て替えというのは、日本の一大ムーブメント、いや、世界のムーブメントとなって、私たちはその先達として、名を残すでしょう」

賛成派の住民から大きな拍手が起こった。

世界に名を残す。ずいぶん大きく出たものだ、と岸田は表情に出さずに、腹の中でつぶやいた。

会議はほぼ、岸田が思った通りに進んでいるようだった。

小宮山先生は、日頃、よくこんなことを口にされていました。

建築家には二種類いる。それは、作曲家的な建築家と、指揮者的な建築家だと。

コンポーザーとコンダクターですね。

先生は会話によく英語を取り入れる方で、コンポーザー、コンダクターと何度もおっしゃってました。

あ、私、今、笑ってましたか。

すみません。

先生は酔っぱらうと、コンポーザーとコンダクターをよく取り違えていらっしゃったのを思い出したんです。どちらも同じ、コン、ですからね。それが出てき始めると酔った証拠でした。そうなると、岸田さんが……岸田さんはお酒を飲みませんから、「先生、そろそろ」と言って、家に連れて帰りました。

話を元に戻しましょう。

つまり、コンポーザー、作曲家的な建築家がひらめきで建物の概要を作り、コンダクターがそれを形にする、というのが先生の主張です。

小宮山デザイン、そのものでしょう。

先生がひらめき、岸田さんが、それを風通しのよい、雨漏りのしないものに仕上げていく。

だから、小宮山悟朗は巨匠として存在できたのです。

ああ? 赤坂ニューテラスメタボマンション?

そうです、あの「おっぱいマンション」は転換期にあったので、それがまだうまく機能できていなかったのでしょう。それで、今、問題になっている。

その後、小宮山悟朗の建築は、突拍子もないデザインと機能性をさらに追求したものになっていったのです。

しかし、なんですね。私はあの「おっぱいマンション」が小宮山悟朗の最高傑作ではないかと思っていますよ。

あれは、奇抜でありながら、非常に優雅で、そして、どこかもろい。思春期の少女のような、初恋のような繊細さがある。初めて建築したばかりの、乙女のような恥じらいと喜びが満ちあふれている。

奇跡の造形物です。

いつ見ても、何度見ても、何か、胸を突かれるような感動があります。

記者さんが、小宮山悟朗についての話を聞こうとして、私のところにいらっしゃったというのは、驚きもしましたが、少し考えて、まあそれはそうだろう、と思いもしました。

岸田さんは断ったのでしょう？

いいえ、いいんですよ。

先生と私の名がわずかでもどこかに残るのは嬉《うれ》しいことですから。週刊誌の記事としてでもね。

岸田さんは、きっと、小宮山悟朗について語ったりはしません。あの人も、先生も、建築は語るものじゃない、ただ、作るものだと思っていたのだと思います。

市瀬の発言で、会場の意見はほぼ固まりかけたといってよかった。住民はもともと賛成派が多数だったし、反対がいたとしても、議決にはほとんど影響がなさそうだった。

そこに細い、包帯を巻いた手が上がった。議長が発言を許した。

「奥村宗子と申します」

小柄な老婆《ろうば》は、そう言って、腰を折るほどに頭を下げた。

「赤坂ニューテラスメタボマンションには、もう、四十年以上、住んでおります。私がここに住み始めたのは、マンション建築から五年後、まだ小宮山悟朗先生もご存命でした」

聞き取れないほどにか細い声だった。

彼女はおもむろに片手を持ち上げ、皆に見えるようにした。

「実は、先日、階段でこけましてね。手首を骨折してしまいました。寄る年波、と言うのでしょうかねえ。お見苦しいことをお許しくださいませ」

住民たちがその手を見たと認識したところで、両手を祈るように組んだ。それから、一言、一言、話すたびに組んだ手が揺れた。

「こんな私が、昨年、ここにいらっしゃる、市瀬さんからマンションの建て替え案の話を聞いた時に驚いたことと言ったら」

宗子は目を見張るようにした。ほんの少し、声のトーンが変わる。痩《や》せた体に小紋柄の着物を着て、その上に割烹着《かっぽうぎ》のような上っ張りを羽織っていた。首元が透けるように白く細い。

「まさに青天の霹靂《へきれき》というのがふさわしい気持ちでした。ここに新しいマンションが建つなんて」

そして、彼女は議長と副議長の方を向いて、深々と頭を下げた。

「なんてすばらしいお考えなのか、と思いました。私がこの歳で大きな負担もなく、新品のマンションに住めるなんて、そんなありがたいことがあるでしょうか」

市瀬が得意げな顔でうなずく。

岸田はその表情を見て、少し笑いたくなったが、我慢した。

「しかし、今一度、考えてみたのでございます。奥村宗子よ、お前は本当に、そのマンションに住みたいのか、と。ねえ、皆さん。皆さんは住まいというものに、何を求めるのでしょうか。便利さでしょうか、立地でしょうか、それとも、思い出でしょうか」

宗子はそこで、ぐるりと他の住人を見回した。それまでのよわよわしい老婆の目に精気が宿った。声にも張りが加わる。

「私が願うのは、ただ、静かに穏やかに、この町に、この場所に住み続けたいということです。この町のこのマンションに」

手首を骨折したと言った手を、胸に当てた。

「皆さんには、ここに住んだ、最初の日を思い出してほしいのです。嬉しくなかったですか？　誇らしくなかったですか？　日本のどこに、こんな建物があるでしょうか。こんなすばらしいデザインのものが」

市瀬が、えっという顔をして宗子をまじまじと見る。岸田は目の端に彼の姿をとらえながら、そちらに視線がいかないよう苦労した。

「私は文化に住みたい。死ぬまで、文化の中にこの身を置きたいのです。この芸術品とも言える、この場所に。年をとっても、ただのバリアフリーのマンションなんて嫌なんです。それにこの歳で、三十ヶ月に及ぶ仮住まいや二度の引っ越しに耐える自信がありません。皆さんは違いますか」

宗子は不自由な手を少し持ち上げて問いかける。

皆、彼女を見上げるように、ぽかんと口を開けていた。

老いたりといえども、さすが女優だ、と岸田は心の中で感心していた。

一ヶ月ほど前、都内のホテルの一室に呼び出された宗子は、ふてくされたようにたばこを吸いながら、岸田を待っていた。

「そりゃあ、私だって、あのマンションに住み続けたいですよ。だけど、しかたないですよ。私にできることなんてないんだもの」

建て替えについて忌憚ないご意見を伺いたい、と丁寧に尋ねると、彼女はそう答えた。

岸田は小林という助手を一緒に連れて行った。彼はロシア人とのクオーターで、学生時代はモデルとしても活動していた、というイケメンだ。色が抜けるように白く、鼻筋が通っている。

宗子もちらちらと彼を見ていた。たとえ老女でも、目を引かれる美男子なのだ。

「あんなすばらしい建物を壊してしまうのは、私どももったいないと思うんです」

「私だって、あそこは思い出の場所なの。パッパがプロポーズしてくれたところなんだもの」

それは調査済みだった。

彼女が元女優で、マンションの本当のオーナーである奥村滋樹の二番目の妻で、すでに三番目の妻から立ち退きを求められていることも。建て替えが始まって、一度引っ越しをしたら、ここから閉め出される可能性があることもわかっていた。

六十を過ぎてもいまだに美貌《びぼう》自慢で、自分にはまだ十分な魅力がそなわっていると信じているし、プライドの高い女性だ。とても、自分が夫から捨てられたなんて話せない。

彼女は建て替えに絶対に賛成できない。けれど、その本当の理由も誰にも言えないから、今は態度を保留している。

三番目の妻から立ち退きを求められる前、彼女は建て替えた新しいマンションに住めると思い込んで一度賛成している。そのため、マンション建て替え賛成派は自分たちの味方だと踏んでいるようだ。何度か奥村側と話し合ってはいるようだが、不調に終ったらしい。

複雑な事情を抱えていて、演技もできる。彼女ほどの人材は他にはいないだろう。

だから、彼女が語るパッパの思い出をじっと我慢して聞いていた。

「実は、我々もあのマンションを壊したくないと思っているんですよ」

宗子の話が一段落したところで、やっと口をはさめた。

「でも、小宮山先生のお嬢さんは建て替えに賛成しているんでしょ。それなのに、小宮山デザインは反対なの？」

「お嬢様は、賛成も反対もしていません。ただ、皆さんが決めることに反対はしない、とおっしゃっているんです」

岸田はつい大きめの声が出てしまった。

「あら、そうなの。では、市瀬さんたちが言っていることは違っているのね」

「ええ。他にも賛成派の人が話していないことはいろいろあるのです」

岸田たちは、ここぞとばかり、市瀬たちの主張の矛盾をついて見せた。

賛成派が出しているのは都合のいい試算であり、本当に新しいマンションが全額ただで手にはいるのかはまだわからないこと、また、マンションの地中奥に古い水道管などがたくさん張り巡らされており、高層建築にするために基礎を作り直す場合それをどこに移動するかはまだ未定なこと……。

「あら、私が聞いてないことばっかり」

「そうですか」

「それを聞いたら、他の方々も考えを変えるかもしれないわ」

岸田と小林は彼女の顔をじっと見た。

「そこで、お願いがあるのです」

「なんでしょうか」

「宗子さんのような人材は他にいらっしゃいません」

手首の包帯も、いつもより地味な着物も、みっともない上っ張りも、彼女が考えた演出だった。さらに彼女は今日の「舞台」に備えて、かなり体重を落としてくれた。岸田が頼む前に。

それは十分成功したようだ。住民たちは皆、大きくうなずきながら彼女の話を聞き、記者たちは何度もシャッターを切った。

彼女は自分がどう見えるのか、知り尽くしている。そこには、かなり希望的観測が混じっているとはいえ。

「本当にただで新品のマンションに住めるのでしょうか……。私はバカな女ですけれど、頭のよい、別のコンサルの方にご相談してみたんでございます。今、市瀬副議長が出している試案ですと、現在の容積率五十パーセントを最大の百五十パーセントに上げ、新しく分譲する分を売却できた時にのみ可能なのだと……今、マンションは売り手市場でどこも売り切れが続いているようです。でも、これから、ここを建て替える時……私たちの引っ越しなどもありますよね？　そうすると、本格的な売り出しは、東京オリンピック後になってしまうんじゃないでしょうか。ご存じのように、オリンピック後はインバウンド効果なども一段落し、景気は一時停滞するという予想もございます。そうすると、全部がきれいに高額で売り切れるかどうかはまだ未知数でございます」

住民たちから、あっとため息が漏れた。

「まあ、こんなことは、頭の悪い、年寄りのあたしが考えることですから、どうなるかはわかりませんけれども。でも、そもそも、この試案どおりにマンションを建てることになったら、どうなんでしょう。お隣の、新道《しんどう》さん……皆さんもご存じの国会議員の新道康夫《やすお》先生ですけれど、先生はもうご存じなのかしらと思って……あたくし、お節介ですけれども、新道事務所に先日、赴いて、先生の秘書の方におたずねしてみたんですね。そしたら、まだ本格的なお話し合いはできてないと……もしも、先生がそれを拒否されたり、そのあげく、裁判になったら、どうするんでしょうか。もっと建て替えは遅れますわね。ごめんあそばせ。私、年寄りで、心配性ですの……賛成派のおつむりのいい方々がこんな初歩的なことをお気づきになっていないとは思いませんが、老婆心で。おほほほほ」

宗子はもう一度、深々とお辞儀をして席に着いた。座る時、一瞬、岸田の方を見て得意げに笑ったような気がした。これは後で小林を怒らないといけない、岸田は思った。

絶対にこちらを見ないように、なぜ、あの女をちゃんと仕付けなかったのか、と。

岸田恭三さんが卒業時に就職せず、大学院に残り、そして、小宮山デザインに入った、と聞いた時には驚きました。

当時は、日本の高度成長期の後でしたがまだ売り手市場で、我々、建築学科の学生にはいくらでも大手の求人があったのです。

友人たちもまた、鹿島建設、大林組、清水建設といった大手ゼネコンや、積水ハウス、住友林業などの会社に次々に就職していきました。そして皆、その後、順調に出世しました。

岸田さんは、成績はよいけれども、そう目立った存在ではなく、院に行った経緯は確かではありません。私たちの議論などにも加わらないので正直、凡庸な学生だと思われていました。

もちろん、小宮山研にはいましたけれども、特に、小宮山先生と仲が良いという感じもしなかったのです。まあ、先生は誰かお気に入りを作るようなタイプでもない。下手をすると学生の名前もろくに覚えない方ですので。

その中で、どうして、岸田さんがその道を選び、小宮山デザインに入ることになったのか、私たちにはよくわかりませんでした。

お嬢さんのみどりさんとの結婚が決まっている、と私たちは噂《うわさ》したものです。お嬢さんが家に遊びに来た岸田さんを見初《みそ》めて、それで……ということです。

当時お嬢さんはまだ小学生でしたから、冷静に考えれば、おかしな話です。

社会人になった我々は時々集まって飲みましたが、その時に、なぜあいつが先生のところに、と半分やっかみもあってよく噂しました。

その中で、結局、お嬢さんに見初められたのだろう、という説が一番据わりが良かったのです。「あいつ、うまくやったな」という言葉とげびた笑いがくり返されました。

小学生だって恋をする？　皆さんのような商売の方はそう勘ぐるかもしれませんが、当時のお嬢さんはそんな子供ではありませんでしたよ。大人びてはいましたが、それはそういう方向にではなくて、もっと冷静な子供でした。私たちが議論しているのを、いつも薄笑いを浮かべて見ているような。

まあ、しかし、何度も申し上げておりますが、建設業にはとてもよい時代で、それこそ日本中に日々新しい建物ができていくような時期でした。その後のバブル景気もあって、我々は自分のことを顧みるような時間はなかったんです。会社員といえど、いっぱしの建築士として働きましたから。

だんだん、我々も地位と自信がついてきて、また、金も入ってくるようになると、岸田さんのことを、また別の意味で侮《あなど》るようになりました。

結局、貧乏くじを引いたのはあいつじゃなかったのか、と。

我々は、大会社で課長になり部長になり、超大手の中枢《ちゅうすう》として大きな仕事をしている。けれど、あいつは、駅や美術館、市役所なんかをコンペで勝ち取り、先生の片腕としてやっているが独立はできていない。自分ではちまちまと個人住宅を作るのが関の山だ、とね。

いずれにしても、そうして、我々は溜飲《りゅういん》を下げたのです。

まあ、その後、バブルが吹っ飛んで、中にはリストラされたものも出てきました。でも、ほとんどはなんとか会社に残って、その後、役員や社長になったものもおります。もう、皆、退職してしまいましたがね。

しかし、今になって思うのは、やっぱり、建築家としての本懐は、岸田さんのような建築家となることだと思うのです。

結局、我々は名刺に「一級建築士」の肩書きを刷り入れることはできても、自分の名前を冠したような建物はついぞ作ることができなかったわけですから。

とはいえ、まあ、あいつも、先生の庇護《ひご》の下でやっていたわけですけど。

それでも、建築物に名を残せるのはすごいことだと思いますよ。

そう彼を認められるようになるまで、私は五十年近くもかかってしまいました。

会場の住民たちの意見交換は、宗子の発言からさらに白熱した。

金を出さなくてはならないのなら考え直したいという者、市瀬に真意を問いただす者。宗子に質問を投げかける者もいた。しかし、彼女は「頭が悪いからわかりません」とすました顔でかわすだけだった。

彼らの話を聞いていると、わずかだが、宗子側、つまり反対派が増えてきているようだった。しかし、何より増えたのは、もう一度考えたい、態度を保留にしたいという住民だった。

今後を考えたらもう答えを出さないと、ますます売り時を逃す、という賛成派の住民に、そんな危なっかしい計画に乗れないと怒鳴る住民がいて、会場は騒然とした。

岸田はやっと組んでいた腕をほどいた。どんな時も、金の話は何よりダイレクトに人々に影響を与えることをよく知っていた。熱くなった人々の同じような意見がくり返され、ふっと意識が飛びそうになる。

市瀬の顔色が少しずつ、けれど、確実に白くなっていくように見えた。

岸田は市瀬に同情心を抱く。彼の経歴は資料を読み、すべて頭に入っていた。

――私たちは変わらないのだ。

岸田、市瀬、そして、小宮山悟朗は、実は一見、似通った経歴を持っていた。

地方に生まれ、建築を志したいと東京に出てきた。そして、打ちのめされた。

違いは、岸田の実家がごくわずかに裕福だったというだけだ。

しかし、そんなの、東京の本当の金持ちや旧家の血筋の前では、なんの意味もなさない。

小宮山が一度だけ、ひどく酔っぱらった時に岸田に話してくれたことがあった。

彼が高専を卒業し、東京の設計事務所になんとかもぐり込んだ、若き日のことだ。

その事務所は日本の現代建築でも三本の指に入る建築家のところで、当時、小宮山以外のメンバーはすべて旧帝大の卒業生だったそうだ。その建築家の大先生は、あの東西建設の創始者の一族だった。本家には皇族の一人が降嫁《こうか》し、一族の名字がついた美術館まである家系である。

そんな事務所に小宮山が入所できた経緯ははっきりしないが、彼の努力と、たぐいまれな人心掌握術が影響したのは間違いないだろう。

しかし、努力を重ねても、小宮山は皆の前で、大先生から「建築は口と血でするものだ。小宮山には口があるが、血がない」と嘲笑《ちょうしょう》されたと言う。

「口、というのは、コンペティションを勝ち取らなければならないという意味でしょうか。では、血というのはどういう意味でしょうか」

岸田は小宮山を送るタクシーの中でおそるおそる尋ねた。当時、まだ学生で、彼がどうしてそんなことを話し始めたのかわからなかった。

「文字通り血筋のことだろう。金がうなるほどあって、働く必要もないような家に生まれないといい建築なんてできない、ということだ。美術品や骨董品《こっとうひん》に幼い頃から囲まれたような家に育たないとそれにふさわしい審美眼は持ち得ない、と」

そして、彼は岸田の肩に手を置き、酔って血走った目で言った。

「生まれ変わったって、俺がそんな家系に生まれるとは思えない。だからな、世界を変えてやろうじゃないか、岸田」

あの時、きっと小宮山は岸田を取り込もうとしたのだろう。そして、それは成功した。

小宮山が若い頃、苦労してコルビュジエの椅子《いす》を買った意味も岸田にはわかる。あれは、みどりのためなのだ。

子供の頃から、良いものに囲まれていなければならない。

実際、あの人は「コルビュジエは嫌い。子供の頃から使っているけど、座りにくい」と言い放てる人間になった。

それは小宮山のささやかな夢でもあった。本人はまるで気がついていないようだが。

あれは、岸田が偶然見つけた、アメリカの新聞記事だった。

当時、岸田は、小宮山の力に少しでもなれればと、アスベストについてさまざまな文献を読みあさっていた。そして、アスベストに発ガン性があることを知った。日本でアスベストが全面禁止になったのは二〇一二年だが、アメリカではすでに一九六〇年代には人体に有害であることが論文で指摘されていたのだ。

それを小宮山に伝えたのが岸田だった。岸田はしゃべる方はあまりうまくないけれど、英語を読むのは得意だった。いくつかの記事を翻訳し届けた。

研究室に入った頃、小宮山は雲の上の人だった。しかし、そのあと、彼は岸田を近くに置くようになった。

一度、「あの……わたくしがお渡しした記事はお読みになりましたか」と尋ねたことがある。

小宮山はあのぎょろ目をむいて、岸田をじっと見た。

「あれは、アメリカのことでしょう。日本ではまだ大丈夫」

先生はまだアスベストをあきらめていないのだな、と岸田は思った。

小宮山に誘われて、事務所の手伝いをするようになった。最初の大仕事が「赤坂ニューテラスメタボマンション」だったが、設計図の原案を見て、岸田は驚愕《きょうがく》した。

アスベストの保温材をマンションの壁面、全面に張り付けた、まさにアスベストの館《やかた》のような建物だったからだ。

確かに、それは、素材主義を唱えてきた、小宮山悟朗の仕事の集大成となるはずの物件だった。

しかし、岸田はそれを一目見て、これはいずれ、大きな問題になるのではないか、と嫌な予感がした。いや、予感どころか、確信に近かった。

小宮山に問題を進言するとともに、そのデザインの一部に使われていた四角い部屋、円い窓を大きく前面に出した設計を提案した。小宮山はそれを、提出する設計案の中の一つに選んでくれた。

最終的に選ばれたのは岸田の案だった。

小宮山の名前で出された案であるけれど、ほとんど岸田が作ったようなものだった。素材主義と造形主義、まさに小宮山と岸田の努力が結晶した奇跡の建築物だった。完成すると、赤坂ニューテラスメタボマンションは小宮山悟朗の代表作の一つとなった。

その後、アスベストを奪われた小宮山は、素材主義から造形主義に大きく舵《かじ》を切り、造形主義は小宮山デザインの主流となっていく。

小宮山が出すのはわずかな造形の案だけで、それを建築の形にするのは岸田、そして、もう一度、小宮山がそれを雨漏りしたり、ゆがんだりしないものに仕上げていく。若い頃、大きな設計事務所で下働きをしていた小宮山は、実はそういう作業がとても得意だった。そのうち、彼は最初の造形案さえ出せなくなり、自然、岸田が設計のすべてを担当するようになった。

岸田がコンポーザーで、小宮山がコンダクターなのだ。

しかし、岸田は、小宮山デザインの仕事の多くを自分がやってきたのだと主張したいわけではない。

そんなこと、どこの事務所もやっていることだ。建築だけでない、デザインも作曲も脚本も、皆、大きな名前を冠した人間が仕事を取り、それを下の人間、所員や弟子が形にしていく。ごく普通の、当たり前のことだ。

しかし、今、岸田がこの「赤坂ニューテラスメタボマンション」をどうしても建て替えられないのは、別の理由がある。

それは、ノスタルジーなどではないし、ましてや、自分の名前を残したいなどという、利己的な理由でもない。

住民たちは激しく意見を交わしていた。しかし、主な主張は出そろって、あとはただ、同じことがくり返されるだけだった。

岸田の脳内は澄み渡り、覚醒《かくせい》していた。

今日、建て替え中止が決まらなくてもいい。保留になれば上出来だ。全所有者の八十パーセントの賛成は簡単なことじゃない。何人かが態度を保留しただけで、今日の決議さえむずかしくなるだろう。そして、期限が伸びれば、当然、景気がいい間に売り出しをかけるのも困難になり、反対意見はより堅固なものになる。

やっと少し安心したところに、ばたんとドアが開く音が聞こえた。岸田はその音の方に目をやって、驚愕した。

小宮山みどりが後ろのドアから、会場に入ってくるところだった。

みどりはいつもの、たらんとした黒いワンピースを着ていた。袖《そで》なしで、二枚の布を張り合わせただけのようなデザイン、それに、アンティークらしいビーズの小さなバッグを手首にかけ、大きなイヤリングを垂らしていた。装飾品はそれだけだった。

市瀬が議長に慌《あわ》てて耳打ちした。住民たちが後ろを振り返ってざわめいた。

みどりはその騒ぎに気がついているのか、いないのか、眉《まゆ》も動かさず、まっすぐに岸田の隣の席に向かってきた。一瞬の迷いもない動きだった。前の席が自分のために空けてあることに、なんの疑いも持っていない。

「静粛にお願いします」

議長が咳払《せきばら》いしながら言った。

岸田は自分の手がゆっくりと冷たくなっていくのを感じた。手のふるえを隠すために、ぎゅっと握る。

みどりは岸田の隣に座り、そっと彼に笑いかけさえした。

「お待たせ」

「何しに来たんですか」

「あなたが来いと言ったんじゃない」

会場では、ちょうど、住民の意見交換が一旦《いったん》終わったところだった。

「今、故小宮山悟朗さんのご息女、小宮山みどりさんがお着きになりました」

市瀬がマイクで言った。口調の中に、非難が混じっている。

「すみません」

みどりはマイクを使っていなかったが、その声はすみずみまで通った。

しばらくの間、眠っていたようになっていた記者席がざわめき、何人かがこちらにカメラを向けた。

ああ、だから嫌なのだ、すべての視線がここに集まってしまう。否応《いやおう》なしにフラッシュがたかれ、彼女の一挙手一投足に注目が集まる。父親と同じだ。そこから、どんなに守ろうとしても無理なのだ。

この人がいるところでは、皆、この人の許しを得ようと必死になる。

岸田はまた手に力を込める。もう震えてはいなかった。

「もう、住民の意見はほぼ出そろったところです。これ以上、みどり先生が何かをおっしゃると混乱を引き起こすことになります」

小声でささやくと同時に、彼女の右手が上がった。

「ちょっと、よろしいかしら」

岸田の言葉など、まったく聞いていない。

議長と副議長が困惑したようにひそひそと話している。そこにたたみかけるように、

「別に、私が意見を申し上げるわけじゃないの。ただ、父ならどう考えたか、ということをお話ししたいだけ」と言った。

それが、意見ということだし、皆を混乱させることなのだ。

「みどり先生、おやめください」

岸田は彼女の腕に手をかけ、小声で精一杯の抵抗を表す。彼女の体に触れたのは、これが初めてだったが、あっさり払いのけられた。

みどりが建て替え賛成派、反対派、どちらの意見を言うのかはわからない。けれど、故小宮山悟朗の娘だ。岸田の思うようにしてくれるわけがない。

ずっと、この二人に振り回されてきた。

「では、小宮山みどりさん、お願いします」

市瀬がみどりに右手を差し向けた。

この男は、どう思っているのだろう。彼女がどんな意見を持っていると思っているのだろう。建て替えに賛成してくれると思っているのだろうか。彼女の言葉一つで、会議がどちらに転ぶかわからないのに怖くないのか。

しかし、市瀬は意外に冷静に、というより、嬉々《きき》として指名した。彼は本当にただ、彼女の意見を聞きたいのかもしれない。

彼女としたら、賛成なら自分の利となるし、反対なら彼女の意見をつぶすことを楽しめるのだから、いずれにしろ、良いことだと思っているのかもしれない。

「私は、建て替えに賛成です」

立ち上がると、なんの挨拶《あいさつ》も前触れもなく、みどりは言った。それもまた、父親によく似ていた。飾りもなく、発言の効果も考えていない。

おおっという声が会場からわいた。

岸田は目をつぶる。もう、どうしようもなかった。

「というより、建て替えという選択肢以外、あり得ないと思います。このマンションは耐震性も現在の建築基準法を満たしておりませんし、老朽化も進んでおります。いずれにしろ、いつかは建て替えるのです。十年先か二十年先に。だったら、早い方がいい」

「しかし、いいのですか。『赤坂ニューテラスメタボマンション』は小宮山先生の記念碑的建物ですが」

市瀬が、むしろ不満そうに言った。

「かまいません。最初に申し上げた通りです。父は……父は残した建築物の特異性ばかりがクローズアップされて、デザイン至上主義のように思われていますが、私が知っている父、私が幼い頃の父は私に、家は何より、住む人間のものだとよく言っていました。今、ここに父がいたら、きっとこの建て替えに賛成したに違いありません」

いや、違う、それは違う、と岸田は拳《こぶし》で机を打った。しかし、それは小さな音で誰の耳にも届かなかったし、誰の目にも映らなかった。

「父は新しいことが大好きでした。古いものなんかを残しておくなんていうのは一番嫌いなことでした。この建物はメタボリズム建築の象徴だなんて言われていますけれど、メタボリズムは住む人間に合わせて変化できるものなのです。もちろん、本来なら、このさいころのような細胞型の部屋を増築したり、組み替えたり、リノベーションしたりするべきなんでしょうけど、それをできる人間が誰もいません。本来なら、ここにいる岸田や私が」

みどりの視線を岸田は感じた。しかし、岸田は深く頭を下げていて、目は合わなかった。

「するべきなんでしょうけど、私たちにはもうそんな力は残っていません。あの……あの父親、小宮山悟朗に吸い取られてしまいました。責任感がない、と怒る方もいらっしゃるかもしれませんが、私たちはあまりにも長く、このマンションに縛られてきました。もう、私を……岸田をここから解放してやらなくては」

最後は独り言のようになった。

彼女は深呼吸して、また、声を大きくした。

「前に管理会社の方が、私のところに改修工事の立案の書類を持っていらっしゃった時にも、私は建て替えてもいいと言いました。つまり、今と同じだったわけですが、理由は少し違いました。当時はただ、私はここを潰《つぶ》したかった。この建物が嫌いで、父と少しでも離れたかったのです。だから、最上階のペントハウスを手放して、権利としていただけるものをもらえれば、何も言わない、と宣言しました。今は少し違います。前向きな気持ちで建て替えに賛成しています。父の代理として、賛成します。父の主義を踏まえた上で、建て替えた方がいいだろう、と思うのです。それをここに証明します」

みどりはバッグから、折り畳んだ紙を出した。それを皆に見せた。

「ここに権利書があります。私はいっさいの権利、つまり、ここに住まないことで得られるはずだった権利をすべて放棄します。些少《さしょう》なものですが、このマンションをよりよいものに建て替えるために使っていただきたい。これは皆さんにお渡しします」

みどりは軽く頭を下げ、席に着いた。

そして、岸田の方を見て、小さく笑った。

「どうして泣いているの?」

彼女は小さなバッグからハンカチを出して、岸田に渡してくれた。

小宮山みどり様

すべては私の浅知恵から始まった報いなのです。

赤坂ニューテラスメタボマンションを建てた時、小宮山悟朗先生はマンション本体にアスベストを使うことは思いとどまりました。しかし、ご自分の住居、最上階のペントハウス部分にだけは使いたいと強く主張されました。まるで、子供がおもちゃをねだるように、熱心に無邪気に。

そして、当時、小宮山デザインを手伝っていただけの私には、それを阻止する力など、あるわけもありませんでした。

アスベストはペントハウスの壁の奥の耐火材として、そして、何より、おっぱいマンションの要《かなめ》の部分、あの胸のように突き出た、造形物を形作る基礎として用いられたのです。

それは実際、とてもうまく行きました。軽く、細工も安易な素材ですから。おっぱいの部分は今でもとてもきれいな形をとどめています。

当時、私もそのくらいなら、大丈夫だと思っていたのです。重ねて言いますが、まだ、世間の、アスベストへの視線もそう厳しくなかった、いや、アスベストというものを認識すらしていない人がほとんどでした。

マンション全体の構造や外壁の施工は大手ゼネコンが請け負いましたが、先生の個人的な住居部分だけは、小宮山デザインが昔からお願いしている工務店に依頼しました。親子二人がやっている小さな会社で、先生の意向を黙って飲んでくれる、芸術家肌の大工さんでした。幸か不幸か、彼らもまた、今世紀に入る前に亡《な》くなりました。二人一緒に、交通事故と聞いています。

先生と私は、それを公の設計図に正しく記載せずに提出しました。工務店に渡した設計図とは別のものを作ったのです。もちろん、施工が終わった後、工務店から回収するのも忘れませんでした。

これは私が強く主張した部分でした。

近い将来、アスベストが問題になった時、誰にも気がつかれないように、と思ったのです。

これを、のちにどれだけ後悔したでしょうか。

きちんと記載してさえいれば、アスベスト問題が大きくなった時、すぐに報告して、早い段階で建て直しができたのです。アスベストの被害など知らなかった、と言えましたから。

しかし、それをしなかったばかりに、私たちは誰にも言い出せず、深く隠蔽《いんぺい》することになりました。ほんの少し早く、その危険性を知ってしまったからこその悲劇でした。

さらに、私たちが口を閉ざした背景に、バブル崩壊時に受けた、数々の言われなき非難への恐怖感がありました。

あの頃、小宮山先生が都市部や地方に建てた多くの建物が、ゼネコンとともにやり玉に挙げられ、まるでバブル崩壊の一因のように世間に叩《たた》かれたのです。

ゼネコンは巨大企業だからまだいいでしょう。私たちのように、個人の名前を冠した事務所にとってはその影響は甚大《じんだい》でした。よくあれを乗り切って、事務所として存続できた、と今でも思います。

連日のように事務所に記者が押し掛け、先生からコメントをとろうと、しつこく追い回しました。記者たちは私の家にまできたのです。そして、答えがあろうとなかろうと、中傷記事を書き続けられました。

アスベストの粉塵《ふんじん》を少し吸い込んだだけでも被害がでる可能性がある、と大きく報道されるようになったのは、その傷がやっと癒《い》え、小宮山デザインがわずかに息を吹き返した頃でした。

当時、アスベストの害を知っていながら隠蔽した、とは私も先生もどうしても言い出せませんでした。

先生の奥様が肺ガンで亡くなられていたことも、私の怖気《おじけ》の原因でした。関係があるのかどうか……しかし、奥様は若い頃、喫煙の習慣があったそうなので、そのためかもしれません。

他の住民の中にも肺ガンで亡くなった方が二人います。一人の方はあそこに移られてすぐに亡くなられたので関係はないでしょう。でも、もう一人の方……それが、アスベストに起因するものかどうかはわかりません。アスベストは建物を壊すときなどに、その細かい粉塵を吸い込むことで害が出ると言われています。だから関係ないとは思います。けれど、その量や期間など、詳しいことはいまだわからないことも多いのです。

しかし、先生はご立派だったと思います。先生は最後まで、あの家に住み続け、私を責めることもしませんでした。

幸い、みどり先生はあの部屋を嫌って寄りつきませんでした。先生は、ガンはガンでも、喉頭《こうとう》ガンで亡くなられました。それがアスベストと関係があったのか、なかったのか、わかりません。調べることも、怖くてできませんでした。私たちはその後、一度もあのことについて触れませんでした。

先生は死ぬ間際《まぎわ》にただ一言、「みどりを守ってくれ」と言いました。

小宮山デザインの設計を、私がほとんど手掛けているということは、近しい人には周知の事実となっておりました。そのこと自体はよくあることなのですが、皆、なぜ、私があそこを出て独り立ちしないのか、ということを不思議がっていました。暗に出資を申し出てくれる人もいたのです。口さがない人は、それは、私がみどり先生を慕っているから、と言っていました。

私が離れなかったのは、ただ「贖罪《しょくざい》」でした。あの時限爆弾を埋め込んでしまった贖罪です。また、それがいつか爆発しないか、近くで見張っている必要もありました。

私はみどり先生をあの部屋と小宮山デザインから遠ざけるためにさまざまなことをしました。そのためには、私とみどり先生の噂まで利用し、強くは否定しなかったほどです。みどり先生が私を嫌っているのはわかっていましたから。

何よりも効果があったのは、あの部屋に住むように何度も懇願したことです。

みどり先生は表面的にはあまのじゃくな方です。特に、小宮山先生と私の言うことは絶対にお聞き入れになりませんから、これは大変効果があったのです。

しかし、そのせいで、小宮山先生が本当はみどり先生のことをどう思っていたのか、その真意と真心をお伝えすることができませんでした。

ただ、一度だけ、あの部屋にお呼びしました。どうしても、先生の気持ちを見せたかったのです。

しかし、そう考えると、やっぱり、この問題も、私の浅知恵が招いた結果なのかもしれません。

みどり先生に早い時期にアスベストの使用を告白し、一緒に対処するか、判断を仰いでいれば、そして、みどり先生の聡明《そうめい》な頭脳と決断力をもってすれば、何か解決策が生み出されたかも……。

もしくは、代表をみどり先生に代えて、その代替わりの際、それが初めて見つかった、と大々的に告白していれば……。

今となっては、どちらが正しかったのかもよくわかりません。

とにかく、建て替えは阻止しなければ。

もしも、今、アスベストの存在が詳《つまび》らかになり、それを長年隠蔽してきたことがばれれば、私と小宮山デザイン、家族、そしてみどり先生は、バブル崩壊時以上のバッシングを受けることになるでしょう。その代償として、我々が背負うのはいったいどれほどになるのか、まったく見当もつかないほどです。

ですから絶対に、それを明らかにすることはできないのです。
あの建物は決して、建て替えられないのです。

岸田恭三

岸田は手紙を用意していた。それは、この会議が不調に終わった場合、小宮山みどりに渡そうと思っていたものだった。日付は入れていなかった。

しかし、最後、賛否の決をとった後、それを彼女に渡す気持ちはなくなっていた。

みどりは会議が終わると、

「じゃあね、岸田」

そう言って、軽く手を振り、ふわふわとした足取りで会場を出て行った。自分が今言ったことなど、まったく忘れているようだった。

皆がいなくなったあとも、岸田はじっと席に座ったままだった。

「失敗しちゃったわね」

宗子が岸田の隣に座って、話しかけてきた。

岸田は答えなかった。

「吸っていい？」

返事を聞く前に、宗子は煙草《たばこ》を出して、うまそうに煙を吐いた。

もう、知り合いのふりをするな、という気力も残っていなかった。

一本の煙草を吸い終わると、宗子は言った。

「わたくし、思い出したことがあるの」

「なんですか」

「先生と話した時」

「え？」

「小宮山先生と一度、二人で話したことがあるの。マンションの近くの喫茶店で」

「そうですか」

「その時、小宮山先生が、天才、と言っていた方の名前を。それは」

「誰ですか」

宗子は岸田の顔をのぞきこむようにした。

「岸田という方であると」

「……そうですか」

「あなたの名前を聞いて、思い出したの」

彼女はまだ言葉を続けたいようだったが、岸田が相手にならないのを知ると、吸い殻を簡易灰皿に入れてぱちんと閉めた。

「さあ、引っ越しの準備でもしないと」

岸田は一人残された。

意外だったのは、自分が小宮山から天才と言われても嬉《うれ》しくなかったことだった。

なんにも感じなかった。

ただ、小宮山悟朗はまた、大きな宿題を自分に押し付けたのだ、と思った。

デザインを盗み続けられたことには耐えた。婚約破棄にも耐えた。罵倒にも冷笑にも耐えた。

だけど、自分はもう今度こそは耐えられない気がした。

あれから一年が経《た》った。

あんなに議論を尽くし、多くの犠牲も払った、マンション建て替え問題だったのに、結局、それはまだ始まっていない。

みどりが、仕事で外出するために身支度をしていると、玄関のチャイムが鳴った。

「はい」

のぞき穴で作業着を着た老人が立っているのを確認した。

「――家具店から参りました」

「お待ちください」

ドアのチェーンをはずして、中に入れる。

「こちらです」

彼は履いていた運動靴を丁寧に玄関の隅に寄せ、居間に入ってきた。

「コルビュジエの椅子の張り替えと聞いていますが」

「そうです。お願いします」

みどりは部屋の真ん中に置いてあった椅子を指さした。

「拝見します」

古いコルビュジエの椅子の、毛皮部分を張り替えようと思い立ったのは、一ヶ月ほど前だった。父が残してくれたこの椅子は、十ヶ月ほど前、半ば強引に岸田が持ってきたものだ。

昔父がこれを購入した代理店はすでに潰れ、現在は大手家具店が取り扱いをしていると聞いて連絡した。

「うちで購入していただいたものでないと……」としぶるのをよくよく頼み込み、普段はないことだが、自分の名前を出して、ようやく修理を受け入れてもらえた。

十ヶ月前のあの日、椅子を持ってやってきた岸田は、様子がとてもおかしかった。深夜、インターホンが鳴らされ、不吉な予感に震えながらのぞき穴から見ると、彼が立っていた。白っぽい顔色で少しやせ、薄暗い中に頬骨ばかりが目立った。彼の顔を見て一度はほっとしたが、そのあと、みどりの胸にわき上がってきたのは怒りだった。

次に出す、新しい本のゲラチェックをしていて起きていたからいいものの、普段だったら、とっくに寝間着に着替えている時間だった。

こんな時間に連絡もせず、やってくるなんて。

着ていたガウンの前を掻《か》き合わせ、腹を立てながら、ドアを開けた。

小宮山デザインのおっぱいマンションの建て替えを畳みたいというのは、ずいぶん前に岸田から申し出があったことだけれど、おっぱいマンションの建て替え問題などもあって、自然、延び延びになっていた。マンションの建て替えが決まった直後、彼からもう一度、電話で相談があり、みどりはすぐに許可した。岸田の動きは早く、助手や弟子を他の事務所に紹介し、いくつかの仕事も断って、あっさりと事務所を解体した。

岸田と話すのは、その報告を受けて以来だった。

「やはり、これはみどり先生の家になければなりません」

彼はたった一人で、椅子をかついでやってきたのだ。

「わかったわ」

強く拒否する気持ちはもう薄くなっていた。

「少し……お入りになる？」

裸の椅子を深夜に持ってきた岸田も奇妙だったが、急な来訪にいらつきながら、そう言ってしまったみどりもおかしかった。

「お茶でもいかが？」

「結構です」

それでは、と軽くお辞儀をしてきびすを返したが、ふっと振り返って「実は、家族で海外に移住することになりました。明日、日本を発《た》ちます」と言った。

「え？」

「以前から、向こうの、古い美術館のリノベーションの仕事をしないかと声をかけていただいていたのです。家内もずっと海外生活をしてみたいと言っておりまして、良い機会なので、思い切ってしばらく家族で渡ることにしました」

「それはまた、急に」

岸田は刺すような視線で見ていた。みどりは居心地の悪い思いをした。それは、他人がこちらに何かを要求している目だった。

もっと何かないですか？　あなたは言うことがあるでしょう？　だって、こちらはあなたの近くにずっといたのだから。

岸田がこんな目をしたことは、今まで一度もなかった。彼はずっとみどりに寛容だった。

「だから、何？」

考えるのが面倒になって、みどりは聞き返した。

岸田は少し笑った。

「うちの息子と娘も一緒です」

「ああ、そうだったわね」

岸田には二人の子供がいるのだ。

「……大学生くらいだった？」

「もう、就職してますよ。二人とも。でも、退職して現地の大学に入り直すことにしたんです」

「へえ、それはいいじゃない」

他人の子供のことに関心はなかったが、ちゃんとお愛想を言った。

「……娘はちょっと人間関係を会社でこじらせましてね、いい機会だから現地の語学学校にでも入れて」

「まあ」

「家族を守ってやることにしたんです」

「それが一番ね」

他になんと言っていいのかわからなかった。どうして、岸田は家族のことなんか話しているのか。あくびが出かかる。

「ごめんなさいね。このところ、ずっと睡眠不足で」

「みどり様」

「あ、はい？」

彼は改まった調子だったが、みどりの方は半ば口を開けていたから、間抜けな声が出た。

「お体、ご自愛ください」

深くお辞儀をして、帰って行った。

ばかみたいな夜だった、とみどりは椅子のあちこちを調べている老人を見ながら思い出した。そう言えば、彼らがどこの国に行くのかも聞いていなかった。岸田も言っていなかった気がする。そろそろ帰国しているのかしら。いろいろ聞いた気もするが、まったく覚えていない。

「これはリプロダクトではない、コルビュジエですね」

老人がうなるように言った。

「ええ、もちろん」

父親がそれを買った五十年近く前、リプロダクト商品なんてなかった。

「最近はなかなかお目にかかることがないものですから」

「そんなに、リプロダクトは広まっているの？」

「三分の一くらいの値段ですから」

「お安いわね」

「これを張り替えるお値段で、二個買えます。でも、やはり、本物の方がいいです。どこがどうと言えないけれど、気品があります」

みどりは珍しく、少し嬉しかった。

毛皮がはげたコルビュジエはなかなかいい味を出していて、みどりの部屋の居間にもしっくりと合った。新しい本の口絵写真に使われたほどだった。

けれどふと、これを張り替えたら、どんな感じになるだろうと思ったのだ。父親はきっと、これが直しながら使えるから買ったに違いない。

「おっぱいマンション」の件は残念だった。

一度は建て替えが住民の賛成多数で決まったものの、あれから一年経った今も、その計画は始まっていない。

反対派の住民一人が管理組合を相手取って、「建て替え準備に管理組合の費用を拠出するのはおかしい」と損害賠償を求めた裁判を始めたのがケチの付き始めだった。

その間に、何人かの賛成派の住民が失望して引っ越した。それを中国人が買い取り、今流行の「民泊」を始め、マンションにいつも外国人がうろうろすることになった。彼らは「歴史的デザイナーズマンション」に泊まれる、という宣伝文句に飛びついて来るらしい。予約は一年先までいっぱいだということだった。当然、所有者の中国人は建て替えに反対だ。

さまざまなことが重なったが、コンサルタントの「ジャパン地所」が降りたことも大きかった。もともと社内でも反対の多いプロジェクトだった。面倒が多く、利益はあまりない。これは一種の、社会的事業として受けるべきではないか、と主張していた役員が退任して、社内で積極的に押し進める者がいなくなった。大きな後ろ盾を失った建て替え事業は糸の切れた凧《たこ》のようにくるくると迷走し、管理組合はいまだ新しいコンサルを見つけられないでいる。

しかし、みどりはもうどちらでもよかった。「いかにも日本的なことだ」と思うだけで、特に大きな失望も感じていなかった。結局、このまま、ずるずるとあのマンションは存在し続けるのかも知れない。

朽ち果てるその日まで。

「こんなものがありました」

椅子を調べていた老人が、何かを手にみどりのところにきた。

「なに？」

「椅子の裏に張り付けてあったのです」

見ると、「小宮山みどり様」という上書きのある封筒だった。裏返すと「岸田恭三」とある。

深いため息が出た。

何が書いてあるかはわからない。けれど、面倒なことが増える予感が、その生真面目《きまじめ》な筆跡から伝わってきた。

「ありがとう」

手に取ったものの、それをどうしたらいいかわからなくて、テーブルの上に置いた。

老人はゆっくり預かり証を書くと、コルビュジエの椅子を同じくらいゆっくり運んでいった。

椅子を取りに来てもらっていた間、中断していた化粧にとりかかった。簡単に粉をはたいて、薄くルージュを引いた。バッグの中身を確認して、玄関に向かう。

その時、テーブルの上の岸田からの手紙が目に入った。その存在が、彼はたぶん、今も日本にいないのではないか、いや、もしかしてもう日本には帰ってこないのではないか、と直感させた。

テーブルの前の椅子に座って、一度、手に取る。開こうとして、また置いた。

何が書いてあるんだろう。まさか、愛の告白ではないだろうな。

その時、ふと思い出した。

あの椅子を持ってきた夜、岸田はこちらをじっと見て言ったのだ。

「あなたは小宮山悟朗の最高の作品です」

みどりはなんだかぞっとした。理由はわからなかったが、彼の言葉に初めて悪意を感じた。そして、そのあと、また猛烈な怒りが襲ってきた。

「何を……」

かっとして言い返せない間に、彼は帰って行った。

父にはたくさんのすばらしい建築物があるのに。

あんまり腹が立って、そのことは記憶から消していた。

「ばからしい」

そう声に出すと、みどりは立ち上がった。手紙を取ると、びりりと引き裂いて、ゴミ箱に捨てた。

家の外に出て新緑の風に吹かれたとたん、みどりは手紙のことはすっかり忘れた。
そして、向こうから来たタクシーに、迷いなく手を挙げた。

解説

トミヤマユキコ

都市型生活者にとって、「いい感じのマンションに住むこと」は、叶《かな》ったらうれしい夢のひとつである。もしもそれがイケてるデザイナーズマンションだったりしたら、うれしさは何倍にもふくらむ。建築とは、人間にとって一番外側に着る（そしてなかなか着替えられない）洋服のようなもの。それがオシャレだったら最高だし、逆にダサかったり継ぎ接《は》ぎだらけだったら萎《な》えて当然だ。

本作に登場するマンションは、デザイナーズマンションの中でもかなりイケている。わたしもこんなマンションに一度でいいから住んでみたい。

角の取れたさいころ状の「細胞」を積み上げたようなデザイン。ご丁寧に細胞の核のように円い窓が付いている。まさに、代謝を繰り返して有機的に成長する、一九六〇年頃から七〇年代に流行《はや》ったメタボリズムを象徴する建物で、なんども建築雑誌の表紙を飾った。

建築好きであれば、この記述だけで、モデルとなっているのが黒川紀章《きしょう》の設計による銀座の「中銀《なかぎん》カプセルタワービル」だと気づくだろう。箱形の部屋に、円い窓。ひとつひとつの部屋が一〇平米のユニットになっていて、理論上は取り替えがきく。しかも内装はＳＦ映画に出てくる宇宙船のセットみたいなのだ。かっこいいなあ。それを元に創作された「赤坂ニューテラスメタボマンション」の部屋は、六〇平米ほどあり、ふたり暮らしも余裕の広さ。手狭な中銀カプセルタワービルよりいいかも。赤坂駅から徒歩七分というのも、かなり魅力的である。しかし、作者の原田さんはここに「ひとひねり」入れて見せる。

しかし、最上階だけ、二つの「細胞」たちがなぜか円錐形《えんすいけい》で横に並んで前方に突き出ている。まるで女性のバストのようだ、と当時、ひどく騒がれた。円い窓は乳首に見えて、それをさらに助長した。皆、メタボマンションなどと呼ばず、「おっぱいマンション」と呼んでいた。

……おっぱいかぁ。イケてるのか、そうでもないのか、急にわからなくなってきたぞ。単にかっこつけたいだけの人には、手が出ないデザインかもしれない。このマンションと関わるひとは、無思想なカスタマーじゃいられない。なんというか、こう、建築への特別な思い入れがないと、住人として務まらない気がする。実際、本作に登場するキャラクターたちは、みんな一癖も二癖もあるような人ばかり。それぞれがこのマンションとの「因縁」を抱えている。つまりこの物語は、マンションと住人をめぐる物語であると同時に、住人のプライドや自意識についての物語でもあるのだ。

小宮山みどりは、父が設計したこのマンションと早く縁を切りたいと思いながらも、なかなかそれが果たせずにいる。名の知れた建築家の血縁者でありながら、それを自慢する様子が全くない。家族で最上階に住んでいたことだってあるのだから、彼女にとっておっぱいマンションは実家も同然のはずなのに、取り壊しの話が出ても平然としている。わがままに生きた父への反発心。それがみどりを冷淡にさせているのだ。

一方、他県から移住してきた市瀬《いちのせ》は、取り壊し・建て替えを猛烈に推進したかと思えば、反対派になったりしていて忙しい。ころころ変わる態度の裏には、建築家・小宮山悟朗《ごろう》への複雑な思いがある。高校時代に悟朗の存在を知った市瀬は、彼が教鞭《きょうべん》を執っていた大学に進学し、小宮山研究室に入れてもらう約束まで取りつけるのだが、いざ蓋《ふた》をあけてみたら、全く別の研究室に振りわけられていたのだった。あの約束はなんだったのか。理由は明白。彼の設計図が小宮山研に合格した学生とは比べものにならないほどお粗末だったのである。熱意だけではどうにもならないことを、残酷なほどはっきりと突きつけられた市瀬にとって、おっぱいマンションに住むことは、過去の傷ともう一度向き合うことを意味している。

本作には、この他にもおっぱいマンションや小宮山悟朗に対して何か思うところのある人たちが次々に出てくるので、どうか楽しみにしていて欲しい。めちゃくちゃ強烈！というわけではないのだが、みんな個性的で、不器用で、愛《いと》しい人々だ。ひとりひとりの人生を掘り下げるように書いていく原田さんの文章を追っていると、この作者は市井《しせい》の人々を立体的に描き出すのが本当に巧《うま》いと思わずにはいられない。主役を目立たせるためだけに登場する「モブ」がいないというか、モブにもちゃんと背景があるというか。とにかくみんなの人生が、しっかりとした重みを持っている。

ちなみにわたしは、元女優で夫を「パッパ」と呼ぶ奥村宗子《むねこ》おばあちゃんが大好きだ。あまりネタバレするのも無粋なので、詳しくは本文を読んで欲しいけれど、あることがきっかけで、マンションのためにひと肌脱ごうと「元」女優から「現」女優に返り咲く瞬間があって、とてもわくわくした。自分の奥深くに仕舞っておいた大事なものを、ほんの一瞬解放するときの、炎のような煌《きら》めき。メラメラとしていて、熱くて、でも一瞬で消える。それを見逃さずに済んだだけで大満足である。

世間には「あなたの食べるものがあなたが何者であるかを物語っています」みたいな言い方があるけれど、これは「あなたの住む場所が」に置きかえても通用すると思う。おっぱいマンションは、著名な建築家の建てた、誰もが知っているデザイナーズマンションで、先進的なデザインには惚《ほ》れ惚《ぼ》れするけれど、雨樋《あまどい》がないせいで雨水が部屋に入ってきたりもする。建て替えすべき時期が来ているけれど、ありきたりなデザインになったら、住む喜びは減ってしまうかも……。さまざまな情報が飛びかう中で、自分が住人だったら何を選び、何を諦《あきら》めるかをけっこう真剣に考えてしまった。その選択が、わたし自身のありようを反映しているのだと思いながら。何が良いとか悪いとかいうことではない。人の数だけ信念があるという、ただそれだけのことだ。人間は、たとえ同じところに住んでいても、同じ信念を持つことなどできない。メタボリズムは「新陳代謝」を意味する言葉だが、住人の心もまた、新陳代謝を繰り返し、未来へ向かって生まれ変わり続ける。ずっと同じでいることなどできないのだ。

読了してからもずっと気にかかっているのは、小宮山の右腕を長年務めた岸田のことだ。彼は、おっぱいマンションの住人ではなく、小宮山の血縁者でもないけれど、誰よりもこのマンションを知る男である。彼は建築時に仕掛けられた「時限爆弾」とでも呼ぶべきものをずっと意識しながら生きてきた。そのプレッシャーたるや、相当なものだと思う。本来、起爆装置を解除するのは小宮山であるべきだけれど、残念ながら彼はもうこの世にいない。ならばどうする。小宮山とずっと一緒に働いてきた岸田が「自分は無関係だ」と言いきるのは難しいだろう。かと言って、全面的に罪を背負うべきかと問われると、それもまた違う。こうして時限爆弾は、責任者が決まらぬまま、再び捨て置かれる。細くたなびく煙のような恐ろしさが忘れられない。きっといつかは着火する。着火したらどうなっちゃうんだろう。知りたいけど知りたくない。というかこれ、現実の世界でもありそうなんだけど、一体どうすれば……。

最後のページを閉じたあとも、煙は消えない。眠れなくなるほどではないけれど、うっすらとした怖さが続く。ユニークなマンションをめぐるドタバタ騒動記だと思って舐《な》めてかかると、えらい目に遭うとだけ言って、筆を置こうと思う。

（令和三年十二月、ライター／マンガ研究者／東北芸術工科大学講師）

この作品は平成三十一年四月新潮社より刊行された。

有吉佐和子著

悪女について

醜聞にまみれて死んだ美貌の女実業家富小路公子。男社会を逆手にとって、しかも男たちを魅了しながら豪奢に悪を愉しんだ女の一生。

磯﨑憲一郎著

終の住処

芥川賞受賞

二十代の長く続いた恋愛に敗れたあとで付き合いはじめ、三十を過ぎて結婚した男女。小説の無限の可能性に挑む現代文学の頂点。

井上理津子著

葬送の仕事師たち

「死」の現場に立ち続けるプロたちの思いとは。光があたることのなかった仕事を描破し読者の感動を呼んだルポルタージュの傑作。

伊与原 新著

月まで三キロ

新田次郎文学賞受賞

わたしもまだ、やり直せるだろうか——。まならない人生を月や雪が温かく照らし出す。科学の知が背中を押してくれる感涙の6編。

石井千湖著

文豪たちの友情

文学史にその名の轟く文豪たち。彼らの人間関係は友情に留まらぬ濃厚な魅力に満ちていた。文庫化に際し新章を加え改稿した完全版。

有働由美子著

ウドウロク

五〇歳を目前に下した人生最大の決断。その真相と本心を初めて自ら明かす。わき汗から失恋まで人気アナが赤裸々に綴ったエッセイ。

津村記久子著

とにかくうちに帰ります

うちに帰りたい。切ないぐらいに、恋をするように。豪雨による帰宅困難者の心模様を描く表題作ほか、日々の共感にあふれた全六編。

津村記久子著

この世にたやすい仕事はない

芸術選奨新人賞受賞

前職で燃え尽きたわたしが見た、心震わすニッチでマニアックな仕事たち。すべての働く人の今を励ます、笑えて泣けるお仕事小説。

二宮敦人著

最後の秘境 東京藝大
—天才たちのカオスな日常—

東京藝術大学—入試倍率は東大の約三倍、けれど卒業後は行方不明者多数？ 謎に包まれた東京藝大の日常に迫る抱腹絶倒の探訪記。

原田マハ著

楽園のカンヴァス

山本周五郎賞受賞

ルソーの名画に酷似した一枚の絵。秘められた真実の究明に、二人の男女が挑む！ 興奮と感動のアートミステリ。

ブレイディみかこ著

THIS IS JAPAN
—英国保育士が見た日本—

労働、保育、貧困の現場を訪ね歩き、草の根の活動家たちと言葉を交わす。中流意識が覆う祖国を、地べたから描くルポルタージュ。

ブレイディみかこ著

ぼくはイエローでホワイトで、ちょっとブルー

Yahoo!ニュース|本屋大賞ノンフィクション本大賞受賞

現代社会の縮図のようなぼくのスクールライフは、毎日が事件の連続。笑って、考えて、最後はホロリ。社会現象となった大ヒット作。

窪 美澄著
ふがいない僕は空を見た
山本周五郎賞受賞・R-18文学賞大賞受賞

秘密のセックスに耽る主婦と高校生。暴かれた二人の関係は周囲の人々を揺さぶり――。生きることの痛みを丸ごと包み込む傑作小説。

彩瀬まる著
あのひとは蜘蛛を潰せない

28歳。恋をし、実家を出た。母の〝正しさ〟からも、離れたい。「かわいそう」を抱えて生きる人々の、狡さも弱さも余さず描く物語。

町田そのこ著
夜空に泳ぐチョコレートグラミー
R-18文学賞大賞受賞

大胆な仕掛けに満ちた「カメルーンの青い魚」他、どんな場所でも生きると決めた人々の強さをしなやかに描く五編の連作短編集。

森 美樹著
主婦病
R-18文学賞読者賞受賞

新聞の悩み相談の回答をきっかけに、美津子は夫に内緒で、ある〈仕事〉を始めた――。生きることの孤独と光を描ききる全6編。

田中兆子著
甘いお菓子は食べません

頼む、僕はもうセックスしたくないんだ。仲の良い夫に突然告げられた武子。中途半端な〈40代〉をもがきながら生きる、鮮烈な六編。

一木けい著
1ミリの後悔もない、はずがない
R-18文学賞読者賞受賞

誰にも言えない絶望を生きられたのは、桐原との日々があったから――。忘れられない恋が閃光のように突き抜ける、究極の恋愛小説。

そのマンション、終《つい》の住処《すみか》でいいですか？

新潮文庫　は‐79‐1

令和四年二月一日発行
令和四年二月二十日二刷

著者　原《はら》田《だ》ひ香《か》

発行者　佐藤隆信
発行所　株式会社新潮社
郵便番号　一六二―八七一一
東京都新宿区矢来町七一
電話　編集部(〇三)三二六六―五四四〇
読者係(〇三)三二六六―五一一一
https://www.shinchosha.co.jp
価格はカバーに表示してあります。

印刷・株式会社光邦　製本・株式会社大進堂

ISBN978-4-10-103681-6 C0193